敗戦三十三回忌

予科練の過去を歩く

宮田 昇

みすず書房

敗戦三十三回忌・予科練の過去を歩く

目次

プロローグ　軍国少年　5
三十三回忌の旅　23
丹波市　25
大　津　44
福知山　飛行場　53
福知山　校庭　68
綾　部　83
ふたたび大津　107

比叡山　119
エピローグ　その戦後　137
謝辞　「耕地復旧記念碑」について　167
あとがき　「三十三回忌の旅」から複合災害まで　173

敬称はすべて略します

プロローグ　軍国少年

「Nが軍国少年だったとは、知らなかった」

Nの義兄がそう言ったとき、すでに六十年以上も経っている戦中と戦後の忌むべき記憶が、私の脳裏に鈍い痛みとともによみがえってきた。

当時よくいわれた「軍国少年」という言葉を聞くのは、ひさかたぶりであった。Nの遺体が火葬に付されているあいだの待合室での思い出話であるにせよ、彼が義兄にさえ語らなかった過去の一こまを私がしゃべったことが、悔やまれてならない。

小学校入学から青春のある時点まで、中学以降の学校はちがったが、お神酒徳利のようにつきあったNと私とには、二人だけが共有する経験があった。その後も終生、交友が絶えることがなかったが、それら思い出には双方のつれあいも知らないことが数多くあるはずである。

　そのひとつに、二人が昭和十八年、中学三年で予科練に受験したことがあった。そのことを不用意に、私はＮの義兄にもらした。その結果が、「軍国少年」だったのである。

　だが、予科練に入隊した私は「軍国少年」といわれてもしかたがないかもしれないが、入隊しなかったＮをそう呼んでよいのか。「軍国少年」という呼称は、「少国民」と同一の言葉のように使われたり、みずからの戦中を省みて称するものもありで、その言葉にはいろいろな思いや差があったように思われる。

　ただ同年で一年後に海軍兵学校、陸軍予科士官学校にすすんだ少年たちは、戦後、「軍国少年」といわれることはなかった。彼らは、旧制高校、大学予科、高専へ進学するのとおなじく、上級学校へ入学したものと自他ともに認めているからである。

　私たちが志願した以前は別として、当時の予科練は、異論があるかもしれないが、極端にいえば、五体満足で読み書きができれば、だれでも受かった。Ｎが、予科練に不合格であったのは、片方の耳が多少難聴であったからである。

体力テストや口頭試問があったにせよ、小学校の担任がこしらえた内申書の順位で、入学がほとんど決まっていたそのころの旧制の府立中学校にNが落ちたのも、そのせいであった。やむなく彼は、二流以下の私立の中学校に入らざるをえなかった。

彼は、戦時下であったことが災いして、身体に多少の難があったために、中学と予科練への入試とで、二度も挫折を味わわなければならなかった。

夭折した私のもう一人の友人は、きわめつきの秀才であったが、軽い小児麻痺で足が不自由であったため、戦時下、旧制一高をあきらめて私大の予科にすすんだ。身体に少しでも瑕疵のある人間ははじき出される、そういう時代であった。

Nは中学を終えて、一応身を置いた高等工専を、戦後まもなく退学した。そして、一年ほど浪人してやっと希望の大学へ行くことができた。

私の渋谷の家は、昭和二十年五月二十四日零時過ぎ、東京山手を襲ったB29の爆撃で焼けた。もちろん、私は海軍航空隊にいたのだから、不在である。男手のいない家族はそれでも必死に防火したが、あの焼夷弾の雨あられにバケツリレーの防空演習

（消火訓練）など役に立つはずがない。

焼け跡で茫然自失している母や姉たちを、いち早く見舞いにきたのは、杉並に住んでいたNであったという。「彼がいなくても、ぼくがいます。ぼくがついていますよ」という十六歳の少年の励ましに、母たちはいかばかり力づけられたか、胸に響いた言葉だったと復員してから聞いた。

しかし私の家族は、翌日の五月二十五日の山手の大空襲で、避難先のおなじ渋谷の宮益坂の知人宅でまた焼け出された。しかも焼け跡の防空壕からすべてを移転先の庭に運び入れたために、なにもかも失い、かすかな縁故を頼りにして身ひとつで長野に逃げた。Nのほうもあまり空襲の災禍にあわなかった杉並ではめずらしく、しかも永福町の彼の家あたりだけがおなじ夜に焼失してしまった。

復員してNの家を訪ねた。防空壕を利用した仮住まいから出てきた彼と、手をとりあって再会を喜ぶとともに、日本の敗戦を悲しんだが、そのような彼をふくめて軍国少年とするのであれば、この時代を生きた少年すべてが、おなじく軍国少年になる。

にもかかわらず、Nの義兄は、彼が予科練を受けたと聞いただけで、軍国少年とした。それが、私たちの戦後がなんであったかをシンボリックに表わすものであったのである。

予科練、正しくいえば、海軍甲種飛行予科練習生である。当初は、高等小学校卒業で満十四歳以上二十歳未満の海軍飛行機要員に志願したものから選抜して、飛行予科練習生とした。これらの多くは、当時支那事変と呼んだ日中戦争や太平洋戦争で活躍し、その多くが戦死した海軍の優秀なパイロットである。

戦争の激化にともない海軍は、昭和十二年、旧制中等学校四学年一学期修了以上の学力を有し年齢は満十五歳以上二十歳未満の志願者から選抜する、飛行予科練習生制度を設けた。そしてそれまでのものを乙種飛行予科練習生（乙飛）と改め、新たなものを甲種飛行予科練習生（甲飛）とした。

さらに、南太平洋での戦況が悲劇的に不利になるにしたがって消耗した飛行要員を補うため、昭和十八年から甲種飛行予科練習生の資格を旧制中等学校三学年一学期修了程度、つまり中等学校三学年在学中に下げた。Nと私は、その時点でその予科練に志願したのである。

その数がいかに多かったか、資格の学歴を下げるまえの甲飛十二期は三千名であったのに、その後の十三期は二万八千名、その後半年ごとに募集されて甲飛に入隊した旧制中等学校生の数は、十四期から十六期まで十万名を越す。

当時は中等学校五年を卒業しなくとも、四年で陸軍予科士官学校や海軍兵学校など軍諸学校はもちろん、旧制高校、旧制高専、大学予科を受験できた。海軍はその先取りを狙って資格を下げ、飛行要員の確保を目指したにちがいない。

各旧制中等学校へは、その学校出身の予科練やそれを修了した飛行練習生（飛練）を派遣して生徒を集め講演し、後輩の志願をうながした。また都道府県をつうじて、志願者を出すよう強要した。地方によっては、各学校に割り当てさえしたため、生徒会を開かせて志願を決議させた県立中等学校もあった。

昭和四年生まれの早坂暁の自伝的テレビドラマ『花へんろ』によれば、当時、旧制中等学校で軍事訓練を担当した予備役の配属将校が、生徒を集め、目をつぶらせて志願を促したとある。早坂の場合、やむなく手を挙げたが、母親が学校に抗議して志願をやめさせたので、海軍兵学校に行くことができた。

昭和二年生まれの藤沢周平と城山三郎は、対談でともに予科練に志願したことをのべている。藤沢は近眼で落ち、城山は父親に反対されてやむなく徴兵猶予がある旧制の高等工専にすすむものの中退して、昭和二十年五月にできた海軍特別幹部練習生にあえて志願したという。結城昌治も海軍特別幹部練習生であったと城山が語っている。Nが軍国少年であるならば、藤沢周平、城山三郎も軍国少年ということになり、早坂暁はそうでないことになる。いったい、軍国少年とはなんであったのか。太平洋戦争のさなかの少年は、みながみな幼年時から忠君愛国の軍国主義教育を受けていたはずである。

だが戦後の風潮は、軍国少年とは、その教育ゆえに天皇のために戦って死ぬのだと信じて疑わなかった少年、すなわち、「予科練」のようなものに志願していったものを指していた。予科練に行かなかった同年の輩も、みずからが軍国少年ではなかった、戦争を覚めた目で見ていたという証しに、ことさら予科練帰りを軍国少年視した面がなかったとはいえない。

しかもそのイメージには、戦中の軍国映画『決戦の大空へ』とその主題歌「若鷲の歌」の影響を受け、そこに登場した「七つボタン」にあこがれたとして、彼らを低く見ようとする蔑視があったことは否めない。またあの日本が滅亡にまっしぐらにすすむなか、それを志願しなかったことへの正当化につなげたものも多少はいた。

　私は自分の経験に触れたくないこともあって、城山の予科練をあつかった小説『大義の末』をいまだに読んでいない。彼が予科練を志願したことがあるのを知ったのは、先の藤沢との対談を読んでからである。

　藤沢もそれに触れたのはだいぶ遅い。その話では、藤沢は、みずからは不合格だったが、級長として予科練志願を同級生にアジったことを悔いている。復員後、鎌倉アカデミアに入った前田武彦が予科練時代を思い出して述懐していた、「戦争をさいごまでやるのかと思っていたら終わってしまった」という虚脱感が、彼らにはみな尾を引いていたにちがいない。

　いずれにせよ、私たちの世代、といっても昭和二年から昭和四年ぐらいのあいだに生まれた、いまでいうハイティーンの少年たちは、敗戦後しばらく、予科練に行ったものであろうと、行かなかったものであろうと、内心どのように考えていたかは別として、戦中経験に触れるのをタブーにして沈黙していたのだと思う。

あの敗戦時、価値観の大きな変換を強いられたこと、上の世代の見ぐるしい変節を見たこと、軍国主義教育を受けただけでなくそれを信じたことを恥じていたことなど、その程度はそれぞれによって差はあったが、それらが輻輳して、戦後を複雑な思いで生きたのだろう。

だが、時は経ち、敗戦時や戦後に味わった衝撃が薄らいでいくにしたがい、「軍国少年」もステレオタイプ化してきたと思う。しかも、おなじ世代が、それらに無関係のごとき発言をするのも、時折耳にするようになってきた。私が昭和三十年代中期、組合運動に引きずりこまれたとき、「やはり君は軍国少年だ」と私を批判したのは、同年の同人雑誌仲間である。

また出版になんらかのかたちでかかわる、おなじ昭和三年生まれのものが定期的に集まる会で、その一人が、私ではなくおなじく予科練帰りの他の一人に「なぜ予科練へ行ったのか、天皇のためか」とたずねた。相手は「国や家族を守るためだ」と答えていた。またこの会に参加したこともある児童文学者、寺村輝夫は、予科練に行った理由として「飛行機に乗れることと白い飯が食えるという二つの憧れだけ」とのべている。

どちらも真実を言いえていないというのが、私の感想である。韜晦もあろうし、時が経ったからできた答えでもあろう。少なくとも「軍国少年」とはなんであったのか、だれに向けられた言葉かが、おそらく戦後に生まれた多くの人に、実感をもって理解されなくなったからだと思う。

死んだNは、予科練を受験するまでの日々のこと、焼け跡で畑仕事をしたことまでふくめて戦後のことを、私にさえいっさい話題にしなかった。考えてみれば、彼は、終生、みずからを語らず、主張せず、ひたすら地味な法律書の編集という仕事にこだわり、死ぬ五年ほどまえまで元の社から仕事をもらい、それをつづけていた。役職を目指すこともなく、組合運動に深く入りこむこともなく、すべてに距離をおいていた。

私は、彼が膵臓を病むまで、二組の夫婦で、毎年、北は北海道から、紀伊半島、山陰まで、自動車旅行をした。そのひとつに伊勢志摩めぐりがある。そのとき、はじめて彼の心の深層に触れたできごとがあった。

そのおり、伊勢神宮に行ったのは、小学校の修学旅行を回顧するだけで、深い意味はなく、ただの観光であった。昭和十五年の修学旅行は、まず京都御所、つぎに明治天皇の伏見桃山御陵、神武天皇の橿原神宮、さいごに天照大神の伊勢神宮に参拝見学するといった当時の皇国史観による教育そのものといってよいものだった。

こんどの旅行では、外宮、五十鈴川を見て、さいごに内宮に入った。内宮の正宮のまえには、参拝者の列ができていた。なかを覗いてみようかと思って私が、その列の後ろに並んだとき、Nから鋭い声が飛んできた。

「それはないだろう!」とNは言い、振り返りもせずに足早にもどっていった。十四、五年まえのことである。

私たち世代は、好むと好まざるとにかかわらず、少年期、死と直面せざるをえなかった。しかもその死は、「天皇」と結びつくことで、美化されていたといえないこともなかった。藤沢周平は、「死ぬのは怖かったが、私の気持ちのどこかで格好のいい死にあこがれていた」と当時の心境を語っている。

それが敗戦で無残な否定にあったとき、それぞれのトラウマになったにちがいない。

トラウマというより、戦中、のちに軍国少年と呼ばれるような生きかたをしたみずからを恥じ入り、そうさせた国、それをいやおうなくさせた存在を憎み、その気持ちをだれにもわからないように心の奥底にしまいこんだだけでなく、自身もそれを忘れようと努めつづけた。

おそらく、私の不用意な行動が、Nのその心のなかにしまいこんだもの、忘れようとしていたものを、よみがえらせたにちがいない。それほど、おだやかな彼に相応しくない烈しい行動だった。

現在、敗戦の回顧といえば、必ずといってよいほど、戦中のできごとや体験が語られる。戦後は、復員、焼け跡、買出し、闇市などが紹介され、平和がおとずれたことを歌で示す「りんごの歌」が流される。それで敗戦直後の戦後の時代は済まされているが、そんな生易しいものではなかった。

地方に住んでいればとにかく、都会、とくに東京など大都市での生活は、一部を除いてその日その日の家族の飢えをどうしのぐか、戦中以上の苦しみが待ち受けていた。とくに焼け出されたものには、辛かった。当時の新聞は、主要都市の餓死者の実情を知らせながら、「始まっている死の行進、餓死はすでに全国の街に」と報じていた。

敗戦の翌年の夏、私はNの家庭菜園で実っているとうもろこし数本をもいでもらって、二日ほどしのいだことをいまだに覚えている。だが餓死者は、戦争や空襲で何百万を失ったあとのことだ。ほとんど問題にすらされることはなかった。多くは栄養失調から、他の病を併発して死んだ。敗戦の年の暮れに亡くなった結核の長姉も、栄養失調による死である。

それにくわえてすさまじいインフレがあった。統制価格だった米が、昭和二十年末には十キロ六円であったのが、翌年の三月には約二十円、翌々年の昭和二十二年の末にはなんと百五十円という価格に暴騰した。闇米はもちろん、他は押して知るべしであった。

それ以上に私を絶望的にしたのは、戦争中とちがって、なんの目的ももてずに、日々生きることだけのために働き四苦八苦することで、それが無限につづきそうなことであった。私は、代々木練兵場（現在の代々木公園）に建てられた、恒久的にみえる本格建築の米軍将校用の宿舎群、ワシントンハイツを横目で見ながら山手線で通り過ぎるとき、心のなかでため息をついたものであった。

やっとなんとか、飢えをまぬかれて、生きることだけはできそうだと感じたのは、昭和二十六年末だった。昭和二十五年からはじまった朝鮮戦争の特需の恩恵を受け、そのおあまりが一般にも及びだしたからであった。昭和三十年ごろ早くも、もはや戦後は終わったといわれだしたが、私たちにはその実感はなかったし、きちんとした将来への生活設計もなく、それに類するいかなるものも持ちえなかった。

ただ、食を得るために、あたえられた仕事には全力をあげた。その仕事にあたっては、敗戦時の体験があまりにも大きかったので、権威をいっさい認めず、すべてをゼロから考えた。また戦後の乏しい教育によって欠けている知識は、多くの人の意見を求めることで補った。

当時、私たちの上の世代は、戦争によっていちばん犠牲者が出たこともあったので、サバイバル・ギルトがあり、自信を失っていた。私たちが二十代や三十そこそこで、けっこう仕事をやらされたのはそのせいもあった。それに私たちの多くは権力志向がなく、地位を求めなかったことも、彼らが私たちに仕事を任せた理由かもしれない。

いずれにせよ、戦後、敗戦によるショックにくわえて、先がまったく見えずに、当時のはやり言葉でいえば「実存的」に生きてきただけに、私たちには失うものはなにもなかった。そればかりか、あの飢えと混乱のなかをとにかく生き抜いてきたことが、破れかぶれの見せかけの自信になっていた。

だが、そのがむしゃらともいえる無目的な生き方は、ほんのわずかしかちがわない他の世代、前の世代とも、異なっていたものではなかったのか。その他の世代からは異端視されていた面があったのではないか。「生活設計」がなく、ひたすら戦中のことを片隅にしまいこみ、懸命に生きただけに、みずからの選択ではなく、受け身に生きてきたのではないか。やっとそのような疑問が生じたのは、戦後三十年余も経ってからであった。

ちょうどそのころ、戦後のほとんどをともに生き抜いてきた（そう私は思いこんでいた）友を失った。その物心両面の後始末が終わったとき、そろそろ私の戦後にピリオドを打たねばならないのではないかと思った。

その翌年は昔流に数えて、私は五十歳になる。私たちが生まれたころは、人生五十年といわれた。戦中、戦後を振り返って、その五十歳まで生きることになにか後ろめたいものがあった。考えてみると、翌年は敗戦の年を入れて数えると三十三年。同時に若くして死んだ長姉の三十三回忌にもあたった。

私は、隊でいっしょだった男たちといっさいつきあいもせず、また期ごとの集まりにも出ず、ひたすら自分のなかに封じこめてきた私の「予科練」がどんなものであったのか、自分の目で確かめてみようと思った。

私は、一九七七年の夏、ひとり旅に出た。

そのときの追憶の旅を「三十三回忌の旅」として、三十余年まえに文章にして残した。以下はひと昔まえに書いた、ふた昔まえの話である。

三十三回忌の旅

丹波市

河原町大教会詰所と墨で描かれた古い大きな木の看板がさがっている門のまえへ来たとき、思わず息をのんだ。ここへ来たのは、今日がはじめてではない気がした。もしかしてぼくたちがいた詰所ではないか。

だがぼくは、すぐうち消した。いまこの町の建物は、多くが建てなおされて近代的なものに変わっているが、かつては、このような白壁の木造の大きな建物、しかも門から見える日本庭園さながらの植えこみのある入口をもつ、天理教信者の詰所でほとんどしめられていたのである。

とはいえ、昔ながらの詰所はけっこう残っている。紹介されて訪ねたこの河原町大教会詰所を、自分がいた詰所だったと考えるほうがおかしい。あまりのなつかしさに、そう思ったのにちがいないが、そんな偶然がありうるはずはなかった。しかし三十三回忌の旅は、そこからはじまった。

きのうの夕方、近鉄天理線の天理駅で降り立ったとき、はじめておとずれた町の駅前に立った気がして、一瞬、とまどったものだった。広い駅前広場の向こうには、大きなスーパーマーケットのようなものが、モダーンな装いをこらして建っていた。

あのときの季節は春で時刻は朝、駅は国鉄、名前も天理ではなく丹波市《たんばいち》ではあったが、この駅前広場のあたりの風景は、ぼくの記憶とはまったくちがっていた。当時は、全体にくすんでいて、人気もなくさびしいものだった。三十三年まえのころのこと、ちがっていて当然なのだが、この駅前のおもむきは、現在、日本のどこの地方都市にもみられる個性のないありふれた風景のひとつにすぎない。

そう言い聞かせはしても、戦後、ずっといだきつづけ、それをタブーとして、たえず追いだそうとしながら追いだすことができず、頭の片すみにこびりついてきたイメージと、あまりにもちがいすぎていた。

丹波市町にはじめて来たのは、一九四四年（昭和十九年）の三月末のことであった。その前日の夜のすさまじい熱気と興奮をいまでも、ぼくは覚えている。

ぼくたちの集合場所は、泉岳寺の近くにあった高輪中学であった。あまりにも若い少年兵の入隊を見送る町内会の歓送会は、肉親や近所の人びとの涙で曇りがちだったが、品川駅から高輪中学までの一帯は、東京じゅうの旧制中等学校の生徒のほとんどが集まってきたのではないかと思われるほどの、熱気と軍歌と怒号で渦まいていた。

第十四期甲種飛行予科練習生に採用された東京の少年たちの、その日は入隊のための集合日だったのである。

もともと甲種飛行予科練習生は、旧制中等学校卒か、四年在学生から採用されていた。しかし、ミッドウェー海戦、ソロモン海戦で大量のパイロットを失った結果、その補充のため第十三期から、中等学校三年在学のものまでその範囲をひろげた。

したがってその日、高輪の周辺に集まってきた少年たち、入隊するもの、見送るものの年齢は、いまの満年齢でいくと、満十五歳から十八歳までのあいだであった。ぼくなどは、その最低の十五歳であったが、半年まえの甲飛十三期に入隊した友人のなかには、満十四歳の少年も多くいたはずである。

ぼくたちは、幼年期にいわゆる満洲事変（昭和六年）を迎えた。さらに小学校三年のとき、盧溝橋事件（昭和十二年）にあい、それからはじまった戦乱「支那事変」は当時の中華民国の首都南京陥落で終わることなく、果てしなく広がっていった。

またそれにともなって、「膺懲暴戻支那《ようちょうぼうれい》」から「東亜新秩序建設」、さらに日本建国の理念とされた「八紘一宇」をもととする「大東亜共栄圏」へと、紀元二千六百年（昭和十五年）の式典を頂上に、プロパガンダはエスカレートしていった。そして中学一年のとき、真珠湾奇襲からはじまる「大東亜戦争」（昭和十六年）に直面する。

その戦乱が、中国をはじめ多くのアジアの人民にいかに大きな被害をあたえたかなど、知ることもなかった。一貫して欧米の植民地支配からアジアを解放する聖戦と教えられ、信じきったぼくたちは、言ってみれば戦争と軍国主義教育時代の申し子であった。

ぼくは品川駅から友人三人が組んだ騎馬に乗せてもらい、集合場所へと急いだが、そこで渦まく熱気は、前日の昨日まで、ひとり息子の予科練入隊を悲しむ母親の姿を目のまえにしていだいた後悔に似た思いをも、すっとばさせるほどのものだった。送りにきた友人たちも、この雰囲気にのまれたのか、口々に「おれたちもあとから行くぞ！」と叫びあっていた。

もっとも彼らのひとりとして、あとから来はしなかった。来たにせよ、それは海軍兵学校へであり、陸軍予科士官学校へであり、ほとんどは上級学校、それも徴兵逃れの理科系の高専を目ざしたのであった。

無理もなかった。このときの興奮が醒め、数カ月も時が経過すれば、どんな晩生《おくて》の少年でも、いやおうなく生命の貴さと青春のもつ意味を感じざるをえなかったからである。つまり、十五歳のぼくたちは、それほど生命を百パーセント近く失う意味の重大さをまだ感じとれなかった、いってみれば青春の入口にこれから立とうとしていた未熟な少年であったといえよう。

だからこそ、海軍は甲種予科練やすでにその教程を終えた飛練の練習生たちを、旧制中等学校に派遣し、その未熟さに訴え、予科練への志願をうながしたのであろう。

一方、ぼくたちは、大本営がいかにデマを流しつづけようと、のちに餓島といわれたガダルカナル島からはじまって、続きに続いた〝転進〟が退却とおなじ意味であることを知っていた。

それどころか、旧制中等学校生にでもなれば、うすうすミッドウェー海戦が勝利ではなく、少なくともわがほうが大きな損害を受けたのではないかと察していた。連合艦隊司令長官山本五十六の海上でなく〝空〟での戦死から、日本がなにか容易ならぬ事態に追いこまれはじめていることを、感じていたのである。

一方、昭和十五年、太平洋戦争に入るまえに結んだ日独伊三国軍事同盟の一国、イタリアではムッソリーニを倒したバドリオ政権が、昭和十八年秋、無条件降伏をしていたし、ヨーロッパの東部戦線でも、スターリングラードで大敗北を喫してからのドイツ軍の苦戦が伝えられていた。

東條英機首相の好きな言葉、〝御稜威《みいつ》（天皇の御威光）のもと〟や〝未曾有《みぞう》〟が中等学校生間にはやり、その大日本帝国〝未曾有〟の危機を救う戦いに馳せ参じるのは若者の義務であることが、新聞にラジオに流されつづけていた。

すでに前年の秋の十月二十一日には、東條首相が演説し、雨の明治神宮競技場を学生たちが行進したことで知られる大学・高専生の出陣学徒壮行会がおこなわれた。また旧制中等学校生も、壮行会こそなかったが、甲種飛行予科練習生第十三期に志願して、その十月一日にはすでに入隊していた。

十三期への志願が母親をはじめ周囲の反対で押しとどめられはしたが、ぼくはすでに学業への努力を放棄してしまっていた。あいつぐ南太平洋諸島での日本軍玉砕の知らせが追い討ちをかけ、十三期に志願できず後れをとったことが、いっそう、やみくもに〝国難に殉じる〟ことにのみ、情熱を駆り立てさせた。他のことはすべて空しいものとなってしまっていた。

とはいえ、第十四期に志願しながらもたえず不安だったのは、自分のようなからだで、精鋭を要求される予科練に入れるかということであった。身長、体重とも平均以下で、人に華奢とさえいわれていた。なんでもない学科試験を終えて口答試問のとき、試験官は、学科試験の成績優秀と褒めてくれたが、それで受かったのかと、当時の自分は肉体のハンディを補うものとして、そう言い聞かせさえした。

もちろんそれなど合格になんの影響もあたえはしなかったにちがいない。学科も身体も低劣でさえなければ、一人でも多くとって、一日も早く入隊させるのが、試験官の任務であったのだから。

集合してそれから列車に乗りこむために品川駅へ着くまで、この興奮と熱気はつづいていた。肉親たちは、さいごの別れを告げるのも容易ではなく、少年たちもすでに肉親の顔を見ようという努力を放棄するか、忘れていた。だから長い長い軍用列車がゆっくり発車しだすと、急に、なんともやりばのない倦怠におそわれたことを、いまでも覚えている。

これでよかっただろうか、これからなにが待ちかまえているか、まっくらな車窓をぼんやり見ていて、なかなか眠れなかったものである。

夜がしらじらと明けたころ、ぼくたちは見慣れない地方を、ひたすら汽車が走りつづけているのに気がついた。入隊を決められていた、津にあった三重海軍航空隊へではない。第二次試験のため、三重空にはすでに行っているので、あのあたりのことはまだ記憶に残っていた。だが列車はそれとはちがう光景のなかをすすんでいた。白い壁、土蔵造りの家々が、線路まぎわまでせまってきていた。だれかが叫んだ。

「奈良だ、ここは！」

そして列車が停まり、ぼくたちがおろされたのが、丹波市、いまの天理であった。昨晩の熱意と興奮はすっかり醒め、ぼくたちを待っているのが、予想していたものとちがうものではないかという疑いが湧きあがってきた。

その疑いは連れていかれた兵舎が、兵舎とは似ても似つかない異様な民家であったことで、いっそう確かなものになった。

つまり、あまりにも大量の予科練を採用したため、正規の練習航空隊では収容できず、この天理教の信者詰所を徴用して、兵舎にあてたのである。その大量の即成戦力の一員であることに、〝精鋭〟であるはずの予科練としてのぼくたちの誇りは見るも無残に踏みにじられた。

事実、ぼくたちが入隊した三重海軍航空隊奈良分遣隊（のちの奈良航空隊）には、すでに第十三期が一万人以上、入隊していた。正規の兵舎と練習設備が完備していた土浦が約二千名、本隊の三重空が三、四百名の十三期しか迎えなかったことからいって、これはあまりにも異常な〝大量〟といえよう。

この丹波市をふたたび訪ねたのは、一九七七年（昭和五十二年）八月の盛夏のさなかであった。

ぼくは、そっくりおなじ感じの建物の入口で、しばらくとまどい、立ちどまった。しかしこれがこれからまわる旅の第一歩だと言い聞かせ、日本庭園風植えこみへ踏みこんでいった。

この河原町大教会詰所は、天理教にコネのある東京の友人が、私の希望を聞いて、先方に選んでもらった詰所であった。

天理教の詰所の入口に、なぜ日本庭園風の植えこみがあるのかは知らない。だが、入隊してまもなく撮られた班全員の記念写真の背景も、この植えこみであった。

いずれにせよ、あの入隊の日の、異様な感さえあった木造の建物を見たときの、つまり天理教信者が参詣と奉仕のために宿泊する詰所に連れていかれたとき受けたショックは、この植えこみを抜きにして語ることができないと思う。

そういえば、ぼくの写真アルバムは、この記念写真からはじまる。それまでの写真は、二度の戦災ですべて焼失してしまったからだ。のちに、友人や知人から借りて昔の写真をわずかばかり複写したが、それらはぼやけていて影が薄い。やはり、ぼくの戦後が予科練の日々を抜きにして語れないように、アルバムが予科練入隊の記念写真からはじまるのは、相応しいのかもしれない。

玄関に入って、紹介者の東京の知人の名を告げるとすぐ、応接間というのか、接待室といったほうがいいのか、簡単なテーブルと椅子が置かれた部屋に案内された。茶の馳走をほどなく受けたが、それっきりで、だれひとり出てこない。

三十分ほどして六十歳前後の男の人があらわれ、待たせたことへの詫びをまず言い、「当時のことを知っているものが、あいにく東京に行っていましてな、それで、だれかおらんかと探したのですが、あいにく、つかまえることができませんでした。私は、当時は、軍に召集されて、外地におってな、予科練がこの辺の詰所を占領、いやおったことはあとで復員してから聞いたというようなわけで……」

すまなさそうに言う男の言葉を、ぼくはあわててさえぎった。

「とんでもない。こちらは、ちょっと拝見させていただくだけのつもりで、お寄りしたのですから。ほんの気まぐれの旅です。お心づかいはご無用です。ひとつだけ、お聞きしますが、ほんとうにこの詰所は、戦争中、海軍に徴収されていたのですか」

「それはまちがいありません。これからご案内させる男などは、小さいころ、この詰所の近くにいて、予科練を見ていたと申しておるぐらいですから」

男は、そう言うと、さっさと接待室を出ていき、入れちがいに四十歳前後の男があらわれた。

「私が、ご案内します」

古くて黒ずんだ床を歩くと、ぎしぎし廊下は音をたてた。黒光りしている点だけは、三十何年かまえとまったくおなじで、予科練がけんめいに磨きあげたように、天理教の信徒も掃除しているのであろうか。

渡り廊下を通って別棟に案内されたぼくは、確かめるように案内の男に言った。

「ここですね、予科練がいたのは」

「ええ、私は、ここに使いによく来させられたので覚えていますが、ここにたしかにわんさとおられましたよ。私が小学校の三、四年生のころでしたが。あのころは、私たちのほうが小さくなっていましたけど」

昭和十九年ごろ、小学校（当時は国民学校といっていたはずだが）三、四年といえば、もう四十一、二歳になる。時の経過をいまさらのように感じて、この男が当時もち、いまでも良い記憶でありうるはずがない予科練という闖入者への思いが、その言葉にこめられているのも、あまり気にならなかった。

二階に行く階段の上り口の横は、トイレであった。そのトイレを横目でちらりと見たとき、ぼくはなにか惹かれるものがあったので、小用と断わってトイレに入り、小便所の踏み台のうえに足を揃えた。

まさか！　そう思いながらも、目のまえのくすんだ板壁は、かつて何回となく、あい対した羽目板のような気がしてならなかった。一枚一枚の羽目板に見覚えがあるような気がするのだ。

ぼくは懸命に首をふった。このようなトイレなど、生を受けてから、場所と時を覚えていないほど、何十回、何百回、用をたしたところにちがいなかった。

だが、小用をしているうちに、ぼくは異様な感触を覚えた。はじめはなにかわからなかったのだが、まもなく、足の裏がぬるぬるして気持ち悪くなるような感じであることがわかってきた。

たしかに予科練のとき、便所掃除当番にあたると、タワシで水をかけながら、小用所のなかに裸足で入りこんで、ゴシゴシこすったものであった。おそらく、あまりにも三十余年まえとおなじ状況なので、あのときの記憶を呼びもどし、足の裏までがぬるぬるするような気さえしだしたのだろう。そうにちがいないと、ぼくは自分に言い聞かせた。

階段を上ると、廊下が中央にまっすぐのび、両側には、障子のはまった部屋がつづいていた。そこまでくると、ぼくは、もう「まさか！」を連発できなくなっていた。まぎれもなく当時十五歳の少年が、ここへ連れてこられ、これが予科練の兵舎かととまどい、大量の即成戦力の一員であることを痛いほど思い知らされ、その後三カ月間をすごした場所であることに、ほぼまちがいないと思った。

案内の男は、さりげなく言った。

「なかを開けでもしますか」

ぼくは、一瞬、そうしてみていいのかどうか、とまどった。パンドラの箱を開けるような、ためらいさえ覚えた。だが、ぼくはだまってうなずいた。

男が障子を開けると、十数畳ぐらいの畳の部屋があらわれた。ぼくは、思わず唾をのみこんだ。三十余年まえに送った生活が、その部屋のようすからありありと浮かんだのである。そこには、いまはなにひとつないが、ぼくの記憶では片側の壁には、各人の衣嚢がたてかけられ、片側には、寝具が積み上げられ、その隅には日用品が入った手箱が並べられていたはずだった。

案内の男が、吐きすてるように言った。

「この部屋に二十人ほど、押しこめられたんですからね。あの当時も、この辺の人たちは言っていたもんですよ、いくら志願したからといって、よく我慢できるって……」

ぼくは、どやされたような思いであらためて畳の数をかぞえてみた。きっちり数えられなかったが、十八畳か二十畳はあった。だが、衣嚢や手箱を除いたスペースに、当時ぼくの班、二十名が寝たのだ。

「いまだったら、人権問題として国会で取り上げられて大騒ぎされるでしょうが、当時ではね。それにここに入れられたのは、予科練でしたからね」

男のけっして好意的とはいえない口調に、多少はむっとしながらも、それよりも自分たちが、いかに消耗品扱いを受けていたか、それが大日本帝国の〝未曾有〟の危機に馳せ参じたと信じこんでいた少年たちの扱いであったことを、痛いほどいまあらためて思い知ったのだった。

自分たちが生命を捧げようとした代償の、そのみじめさのせいか、にもかかわらず、〝国難に殉じ〟ようとした少年たちの〝ひたむきさ〟を思い出してか、胸にこみあげてくるものがあった。ぼくはそれをこの男に気どられたくなかった。そこであわてて言った。

「この建物のちょうど中間あたりにも、階段があったのではありませんか？」

「ええ、そっちへ行ってみますか。もう隣りの部屋は見なくていいのですか」

ぼくは首をふった。ひとつ見ればよかった。それより、このせまい部屋で寝起きしていた結果を、この目で確かめたかった。

それは、中央の階段を上った左隣りにあるはずだった。

やはり、思ったとおり、その部屋は階段の下り口の手前にあった。あまりにも三十三年まえそのままに出会うことができるこのタイム・トラベルに、もしかして天理教の詰所はみなおなじ造りではないか、ちがう詰所に来ているのに思いちがいしているのではないかという疑いは当然あった。だが、いまは、ただ、当時の状況がぼくの脳裏に再現できさえすればよいとだけ思っていた。

その問題の部屋は、六畳か八畳ほどの小さな部屋で休業部屋と呼ばれていたもので、からだの具合の悪いものが課業を休んで寝ていたところであった。そのなかには、隊内にあった病院から退室してきて、課業に復帰できるまでそこにいたか、病名がはっきり決まって入院するまでのあいだ待機していたか、あるいは軽度のものと考えられ、そこから通院していた練習生が、いっしょくたに休んでいたのである。

その多くが、当時、胸膜炎と呼ばれていた肋膜炎の患者だった。そして半期早く入隊した第十三期が、それらのほとんどであった。

その休業部屋を覗きこんだとき、ぼくはあの陰惨な「ひとーつ、ふたーつ……」と叫ぶ声を聞いたような気さえした。それは多くの肋膜炎患者が、班長や教員の下士官たちに「なまけもの」「ぜいたくもの」といわれるのがいやさに、そして一日でも早い回復を願って、胸の横に手をあて、その響き方からみずから診断しつづける叫びであったのだ。

ぼくは、入隊して一カ月ぐらい経ったころ、急性盲腸炎のため入院し手術を受けた。荒っぽい手術のため、二週間ほどその病室や休業部屋で、肋膜炎の患者と寝起きをともにしていた。そのときの彼らの焦燥ぶりは、気の毒なほどであった。そしてむりして課業にもどり、病気をこじらせ、隊の病院では間に合わず、海軍病院に移されていくものがほとんどであった。

この丹波市の予科練、奈良空がこの呼吸器系患者をいちばん出していたことを、戦後、だいぶ経ってから知った。そしていま、ぼくはその秘密を知ったのである。

いくら掃除してもきりのないほこり、当時は不思議にさえ思わなかったのだが、この劣悪な居住性をみれば、まだ抵抗力をもたなかった少年たちが、一人倒れ、二人倒れして、病室での陰惨な叫び、「ひとーつ、ふたーつ……」になっていたのが、ようくわかった。

もうここが、かつての自分のいた兵舎、詰所であることにまちがいなかった。たとえ、そうでなくても、そのひとつであると信じてよかった。

ぼくは、明け方になると、どこからともなく聞こえてきたあの「ひとーつ、ふたーつ」の叫びを、いま、はっきり思い出したことで、ここに来た目的のひとつがまず果たされたような気がして、なにも資料的に確かめることなく、早々にこの詰所から去ったのであった。

丹波市

大津

京阪電鉄石山坂本線の滋賀里で降りたのは、べつだん、確信があってのことではなかった。ただ滋賀という言葉から、おそらく、ここではないかと思っただけだった。

前日に泊まった大津市内の旅館のだれもが、こちらが予想したように、現在自衛隊の基地になっているかつての大津海軍航空隊の場所は知っていたが、ぼくたちのいた滋賀海軍航空隊のことは忘れていた。おそらく、大津空といっしょくたにされてしまい、その存在さえ定かでなくなってしまったのだろう。

だが当時、滋賀海軍航空隊は、大津海軍航空隊の数倍も広く、琵琶湖西岸を占めていた。それが地元の人さえ覚えていないということこそ、三十余年の歳月の長さを証明するものだった。

戦後一年ほど経ったころ、当時やっと借りることができた世田谷の家には、店になる土間の部分がついていたが、とちゅうで大家が強制的にその部分をわれわれから取り上げて、美容院に貸してしまった。その美容院の見習いの少女が、偶然にも大津市出身の子であった。

そのことを知ったぼくは、なにげなく、比叡山の麓の坂本あたりにあった航空隊の跡はどうなっているか、たずねたことがあった。自分がその航空隊にいたなどとは、ひと言もいわずにである。

だが少女は、すぐ、気がついたようであった。

「へえ、あそこ、知ったはるの。あそこには、予科練がぎょうさん、いなはったんでな。あんさんも、あそこにいなはったんか？」

ぼくは、うなずきもせず、ただ顔を赤らめたことを、いまでもはっきり覚えている。

当時の新聞を賑わせていたものに、いわゆる〝予科練くずれ〟の犯罪があった。敗戦とともに、いたるところでいままでの価値が否定されたのはしかたないとして、その価値逆転の犠牲者ともいうべき予科練帰りに、その風当たりは強かった。

また予科練の、大量動員をかけられた十三期から終戦の年の四月入隊の十六期までの即成戦力、十三万余人には、いろいろな人間がいた。県立中学の秀才から、不良少年まで雑多であった。たとえていうなら自分の班にいた二歳年上の少年など、新宿の不良中学生であったと自称していたし、事実、ミッドウェー海戦の生き残りという下士官の最初の強烈なパンチをうまくかわしさえした。

だがそのほとんどは、自分のような劣弱な体力の人間がいたことでもわかるように、質はともかくとして、〝国難に殉じる〟ために、当時の旧制中等学校の生徒が持ちえた将来を投げすてて、予科練に馳せ参じた少年たちだった。

敗戦後、一部は、その年の十月から復員学徒として彼らを迎え入れた旧制の高校、高専、大学予科に入学したりして、踏みはずしたらもう帰るはずではなかったコースにもどっていった。だがその多くは、元の中等学校にもどったか、あるいはあの戦後の混乱を生き抜くために、学校にもどらず、家業についたり働きに出た。

十三万余も志願した予科練である。復員したもののなかには、その価値の逆転にとまどい、すさみ、順応していく世間に白い目を向けた少年たちがいたのは、むしろ当然といってよかった。彼らは、自分たちを予科練に志願させ、死の代価を贖うことを無上の大義と信じこませた大人の世界に歯をむいて立ち向かっていった。それらのなかに世間を騒がすものがいたのは、事実といってよかった。

だがむしろ、それらの〝予科練くずれ〟〝ヨタ練〟と指弾を浴びた人間のほうが、まっとうな人間らしかったといえないこともなかった。多くの予科練帰りは、社会を騒がせた〝予科練くずれ〟の報道に、みずからが非難されたごとく受けとって沈黙するか、無視していたにちがいない。

その大津出身の少女は、ぼくが顔を赤らめたことから、なにもかも察したらしく、つづけて言った。

「江若鉄道に乗って、あのそばを通ったんやけど、進駐軍が来なはったさかいな。予科練の人が来やはったら、びっくりしはるとちがうかいな」

その少女の言葉が正しければ、敗戦後まもなく、滋賀空は占領軍に接収され、基地として利用されていたのにまちがいないのだ、おそらく、大津海軍航空隊もそうであったのだろう。

戦後、米軍が進駐していたところでかならず生じたはずのトラブルは、ここでもおそらく頻発したにちがいない。にもかかわらず、大津の地元の人にさえ、この事実は遠いもの、過去のものになり、記憶さえ定かでなくなってしまっていたのである。

それはなによりも、先の少女が口にした江若鉄道が国鉄に買収され、そこに高架線が通され、京都の山科とトンネルで結ばれ、琵琶湖西岸をまっすぐ北上し、近江塩津を経て敦賀に達する湖西線ができたことと無縁ではないようすであった。この湖西線沿線は、京都、大阪の通勤圏にくみこまれるとともに、悪名高いいわゆる〝トルコ温泉〟雄琴などをふくめて、琵琶湖西岸全体が京阪のレジャー地帯になってしまったのである。

滋賀里の駅から湖岸へ向かう道は、ぎっしり人家が軒を連ねていた。かつての滋賀空のまわりは畑で、人家もまばらだった。その人家のあいだの細い道をすすんでいくと、だんだん自信がなくなっていった。ここで降りたことでよかったのだろうか、はたして滋賀空の跡へたどりつけるのだろうかという不安と、自分のしていることの空しさをあらためて嚙みしめなければならないような思いだった。

すぐ湖西線のガードの下をくぐった。この湖西線が江若鉄道として高架でなく地面を走っていたとき、どこで国鉄と結ばれていたのか、丹波市（天理）からぼくたちを乗せた列車は、この線路に乗り入れ、航空隊に隣接したところで止まった。

あれは昭和十九年の初夏で、列車から重い衣嚢を地面に放り投げて降りていったぼくたちを迎えたのは、だだっぴろい敷地に棟をならべて連なっている急造の兵舎と、そのゆるやかな斜面の向こうに海のように広がる琵琶湖だった。反対側は、比叡山の山並みがそびえていた。

いまでもはっきり思い浮かべることができるその光景を、ここへ来るまで、もう一度見ることができればと願いつつも、もはや時が経ちすぎていると否定しつづけてきたのだが、やはり、見ることはできなかった。それどころか、あまりの変わりようにとまどうばかりか、この場所でよかったのかという疑いが、また、もちあがってきた。

しばらく行くと、長いコンクリートの塀に囲まれた一画に出た。その塀に沿っていくと、大きな入口をみつけることができた。「××牛乳」という大きな表札がぶらさがっていたが、ぼくは、なぜか、ここそ航空隊そのものではないのかという気がした。これだけの敷地を確保するには、国有地の払い下げを受けないかぎり無理であると思ったからだった。それほど広大な牛乳製造工場の敷地であった。

ぼくは、いっそのこと、なかに入って、受付の守衛に訊いてみようかと思ったが、すぐに思いとどまった。入口の中央の立札には、「無用の者立入りを禁ず」とあり、それが入ろうとする気持ちに水をさした。自分などまさしく、その無用の者にちがいなかった。三十余年もたっての追憶の旅のために、〝立入り〟訪問するなど、相手から無用の者と受けとられたとしても少しもおかしくない。

それに、この旅に出るとき、自分に言い聞かせたことは、プライベートな旅に徹し、公の機関を利用しないことだった。だからこの大津に来ても、市役所とか、大津の自衛隊とかを訪ねなかったのである。調査を目的に来たのではないのだ。

ぼくは「××牛乳」の塀にそってまがり、大津のほうへもどってみた。やがて塀が切れると、その向こうに細長い空地がつづき、それもすぐ終わって、向こうに社宅のような、おなじ造りの小さな家がいっぱい建っていた。

その長方形の空地に、覚えがあるような気がした。もしかして、航空隊の横にあった滑走路の一部ではなかったか。比叡山の麓に抱かれるようなかっこうで、予科練を訓練する適当な飛行場になると思われたのだが、気流の関係で飛行機の発着にはほとんど使われず、グライダー訓練にのみ利用された滑走路の一部ではなかったのか。そしてここで訓練中、グラマンの機銃掃射を受けて、隠れ場所がなく、必死に逃げたあの飛行場ではなかったか。

通りがかった年輩の主婦に、なにげなく訊いてみた。

「ここは昔、海軍の飛行場ではなかったですか」

買物かごをさげたその主婦は、首をかしげた。

「さあ、どうだったんでしょうね。その先の住宅は、自衛隊さんの官舎ですから、もしかして、昔、そうだったのかもしれませんね」

主婦の指さしたのは、その長方形の空地を前方でさえぎるように建っている、あの小さな社宅群であった。

やはり、ここここそ、滋賀空のあった場所にちがいないと思った。だが、すっかり変貌したこのあたりをこれ以上嗅ぎまわっても、昔とつなぐものはなにもないような気がした。

ぼくはつぎの目的地、綾部に行ってみようと思った。京都の北西部のそこは、このような変わり方はしていないはずだった。あそこには、天理市とおなじように三十三年の歳月を越えた、タイム・トンネルを通って見ることのできるなにかがあるような気がしたのである。

だが、予科練の月日の大半をすごした大津を、このまま去るのは、しのびがたかった。時間があれば、帰りにもう一度立ち寄ってみようと、また滋賀里の駅へもどっていった。

福知山　飛行場

「耕地復旧記念碑」

国を賭しての大東亜戦争に歳を閲するに随ひ益々熾烈の度を加え国民の緊張も一入になりしが折も折突如我等農村民の生命の糧であり経済生活の根源である美し田ふくよかに繁る幸園何れも飛行場になるといふ事実が眼の前に展開されるに至り殆ど之が完成した昭和二十年六月の頃ほいであつた斯くして耕作地の殆どは飛行場となり将来の生活に大きな暗い影を投じたのであつたがかてゝ加へて昭和十九年同二十七年の二回に亘る大洪水は浦島神社附近の堤防を決潰し見るも無惨な姿に変った美

田数十町歩戦争と自然がなしたる業とは言へ朝な夕なにこの現状を眺めながら今後の生活を何によつて拓いて行くか之れが鍬持つ吾々の脳裡に徹した苦脳の種であつたが如何とも為し得ない事を思ふ時只手を拱いて荒廃その極に達した田面を眺め悲歎やるかたなく戦勝の一日も早からん事を希ふと共に早急に之れが復興に着手したき念願に燃ゆるのみであつた時しも八月十五日詔書の渙発があつて七年久しきに亘る戦ひ遂に終結を見るに至つた恐愕の心魂の未だ覚めない中に幸ひにも耕地は返還され雀躍したものゝ原形の湮滅してゐる状態を見ては茫然として如何ともすることが出来ずさりとてこのまま捨てゝ置く事も出来ずに如何にかして之れが復旧を企図し以て生業に勤しまんとするや甚だ切なるものがあつた茲に府耕地協会評議員松山幾蔵氏西中筋村長村上賢治氏並に小生等発起人となり耕地整理組合を設立し同志を糾合して施行面積百二十四町九段二畝二十一歩組合員三百二十二名六ヶ年計劃総経費実に四百六拾七万円を以つて実施するの案を立て国費府費の補助を申請して漸く府の認可を得昭和二十一年五月十一日の鍬入式より今日に至るその間排水溝の開鑿道路の完成仮換地後の整地中央滑走路の除去掩体壕誘導路の復旧等指示されたる年

次年次の区劃を整地して以つて現在に及んだが当時の状況と現状とを回想追憶する時感又無量なるものがある殊に障害となつた滑走路の除去に対しては理解ある当局の尽力によつて竣工を早め得たといふ事は言を俟たない六年の歳月と数万人の力を要した稀有の大事業も遂に昭和二十七年三月十五日を以つて完成の域に達し昔懐しき美田となし何れもおのがじしの作付をなし黄金の波の漂ふ様を眺めては荒廃の過去と復興の労苦を語り合ひつゝ当時の述懐に時をすごした事幾度か今府道の一角に立つて六星霜の昔を偲びつゝ現在の様相を眺め整然たる道路区劃された日畑之れこそ組合員一同の協力一致愛郷の熱意の表象と当局並に役員諸氏の誠意と努力の賜であることを思ひ一入感を深くするものである工を竣るに当り事業の概要を述べ茲に之れを刻す

昭和二十八年四月一日　前府会議員
福知山市長　田中庄太郎

すでにこの「耕地復旧記念碑」が建てられてからも、二十五年余の年月が過ぎていた。この碑自体が苔むしているうえに、風雨にさらされて読みにくくなっている。二十メートル先の道路に車を停めて、じりじりしているようすのタクシーの運転手を気にしながらも、この旧かなまじりの、しかも句読点のない文章の一字一字を手帳に書き写していった。

それは軍の命令で、否も応もなく田畑を取り上げられた農民の怨念で綴られた文章であった。そのことは書き写しながら、ひしひしとぼくの胸に伝わってきた。また同時に、どうしようもない徒労を告発した、読む人間にとっては痛烈な非戦の宣言とも受けとることができる碑といえた。

一年内外で彼らの水田を飛行場にしたものの、完成が終戦の年の六月ということでもわかるように、ほとんど実戦に間に合うことなく、しかもその復旧には六年の歳月と数万の人の力を必要としたその徒労は、あの太平洋戦争そのもののようでもあった。そしてその徒労を告発できるのは、この土に生きざるをえなかった農民をおいてほかにないように思えた。

この徒労に帰した飛行場建設の一部を担ったのが、ぼくたち予科練だったのである。

当時は考えもしなかった事実であった。飛行場建設の日々、たまたま出会う農民たちの、力のない表情のなかで時折われわれに見せたするどい視線は、やり場のない憤りだったにちがいない。

そのような背景などに無知で、しかも気をくばる余裕もなく、自分たち予科練のおかれている現状にたいするやりきれなさにばかり、目がいっていたのだろう。むしろ、いよいよ不安を濃くしていく戦局への苛立ちのなかで、そのような無気力そうな農民たちへ不信の目を向けていたのが、当時の自分であったと思う。

いずれにしても、この碑を読むことではじめて、飛行場建設のいきさつと農民の悲しみを知ったのだが、一方、やはりここがそうであったか、やっと三十三年経ってたどりつけたのかという感慨と、この文章のひとつひとつが、いまこそ逃れようもなくあきらかになった、戦争中の空しかった自分たちの作業のひとこまひとこまを思い出させて、感傷的になるまいとしても、涙さえにじみ出てきた。

京都を発ったのは、その日の朝早くだった。山陰線にとにかく乗りはしたものの、福知山駅で降りるべきか、手前の綾部駅で下車すべきか、まず迷った。

ぼくのかすかに残る記憶では、飛行場はその中間にあるはずであった。だが、福知山寄りだったか、綾部寄りだったかまで覚えていなかった。またその飛行場が現存するにしても、かつてなんであったのかを知っている人がどちら側に多いのか、見当もつかないのである。

もしかしてその飛行場がまったく姿も形もなくなっているかもしれない。そうであったら、よけいどちらの駅で降りるかは、それを探し出せるかどうかに大きくかかわってくるはずだった。

だがぼくはあえて、綾部で降りた。三十余年まえ、その綾部でたまたま経験したことが、当時のぼくに大きな衝撃をあたえ、あとあとまでなにかにつけて、不思議な国へでも入りこんだような思い出として、浮かびあがってきたからであった。こんどの旅の目的のひとつに、その経験の原点を訪ねてみることもあった。

とはいえ、あれからあまりにも年月が経っていた。もちろん、その跡すらみつけられるはずはない。だがまず飛行場をみつけ、それから昔の記憶をたどっていけば、もしかしてその片鱗ぐらいは探し出せるかもしれないと、ひそかに願っていた。

綾部の駅は、かつての古ぼけた木造の建物から、建てなおされて多少変わったのかなという気もしたが、小さな駅舎であることに変わりなく、駅前広場も広くはなく、「平和都市宣言」という小さな塔が立っているのが目立つだけで、どこの地方都市とも変わらない装いだった。

ぼくはすぐKIOSKで地図を買った。さいわいなことに「綾部市詳図」と「福知山市詳図」がいっしょについているものであった。

まず綾部市を、いま立っている駅前を中心にして、いろいろ探ってみた。どこにも飛行場はなかった。山陰本線を福知山のほうにたどっていくと、つぎの高津の駅の北側の由良川のさらに北側に、ちょっとした平坦な田畑がつづいていたが、そこを飛行場跡とするには、なにかものたりないような気がした。広さもそうだが、川の向こう側ということに抵抗があった。

福知山のほうを見ると、思わず息をのんだ。市の東の郊外に、飛行場があるではないか。ただその飛行場は点線で囲まれ、同時に自衛隊小演習場とも記されている。だが点線で囲まれた白い長方形はあまりにも小さい。五、六百メートルしかない。もちろん、戦後、縮小された可能性はある。まわりはけっこう広い。といっても、地図から判断すると、すぐ近くまで丘陵地帯がせまっている。

ぼくは首をかしげた。なによりも川から遠いのである。綾部市の北を東西に流れている由良川はやはり福知山市を東西に横切っているが、そこからも南に四、五キロ離れているし、南北に流れる土師川よりも、三、四キロ東である。

あの飛行場は、ぼくたちの飛行場は、川のすぐそばにあったはずだ！　ぼくは、飛行場をいつのまにか、「ぼくたちの」と所有形で口ずさんでいるのに苦笑した。

ぼくたちのというには、あまりにも苦く、辛い思い出であり、それこそ意に反したものであった。昭和十九年の暮れ近くに浜松大地震があり、浜名湖の鉄橋が揺らいだとかを口実に、年末にあると噂されていたはじめての帰省もどうやら中止されたらしく、ぼくたち予科練を落胆させていたが、昭和二十年の年初、とつじょ異動の命令がおりたのである。

海軍の転属はすべて目的地を明示しないそっけないもので、このときもくわしい説明などなにもなかった。十三期の例からいけば、十四期のぼくたちも、飛練にゆく時期にさしかかっていた。飛練というのは、予科練習生の課程を終えたものが、飛行練習生として、「操縦」と「偵察」(飛行中、通信や航法、爆撃などを任務とする)に分かれて実際の訓練を受ける課程のことで、それを経てはじめて実戦にくわわるのである。だがその命令を伝える分隊士の口調は、飛練に行かせるというようなものでなく、この難局にあたってはあらゆることをして困難に殉じなければならないといった、たいへん苦渋にみちたものであった。なにを自分たちにさせようというのか、それがあまり望ましいものでないことだけはわかった。

やがて下士官たちのうわさから、京都の北に向かうことだけがわかった。といって舞鶴でもなさそうであった。とにかくぼくたちは、滋賀空に来たときとおなじように、衣嚢を肩にかついで、航空隊の横にある江若鉄道に乗り入れてきた客車に乗りこみ、比叡山から吹きおろす、からだをひきちぎるような寒い風をあとに、蒸気機関車にひかれていったのである。

そのぼくたちを待ちかまえていたのが、綾部と福知山の中間にあったと思われる飛行場とその建設であった。福知山と綾部の中間にあったと思われる、と言ったのは、綾部を過ぎて福知山へ少し汽車が向かったことは確かであり、そのとちゅうの小さな駅で降ろされたと記憶していたからである。

ぼくは綾部の駅前で、しばらく地図とにらめっこしていたが、あきらめて、だれかに訊こうと思った。地方都市の駅前にかならずあるパチンコ屋を一、二軒除くと、目ぼしいのは食堂だけだった。寿司から蕎麦まで、なんでも間に合うようすの食堂でなら、聞き出せるかもしれないと、早い昼食をとりに入ってみた。

小ぎれいな食堂に入ってすぐ、ぼくは失敗したと思った。食堂の経営者夫婦が、あまりにも若かったからだ。年も三十を過ぎていない。それでも、ぼくはたずねてみた。

「福知山の自衛隊の飛行場のほかに、この近くには飛行場はありませんか」

若主人の答えは、かんたんで短かった。

「さぁね。あすこしかないがね」

「昔、といっても戦争中には、どうだったんだろう」

そのとき、注文らしい電話が入ったこともあって、若主人は肩をすくめただけで、返事もしなかった。

食堂を出ると、やむなくぼくは、駅待ちしている一台だけのタクシーの運転手に、おなじ質問をしてみた。

やはりタクシーの運転手の返事はおなじだった。

「さぁね。おれはここには長いけどな、ここの人間でないし、戦前のことはなんといってもなぁ」

「おそらく、地図にないところをみると、もとの田か畑にもどっているのかもしれない。ただ言えるのは、福知山と綾部のあいだだったということと、そばにけっこう大きな川が流れていたことだったんだが」

すると、運転手は考えていたが、自信なさそうに言った。

「あれかもしれない。中味は読んだことがないけど、もとの田畑に復旧したとかいう碑のあるところならある」

ぼくはあわてて、運転手に地図を差し出した。

「どこだろう」

運転手の指さしたのは、綾部より二つ目、福知山のひとつ手前にある「石原」という山陰線の駅と由良川のあいだに広々と横たわる耕地だった。

さっき地図を見たときは気にもしなかった石原という名が、急にぼくの胸につきささってきた。そしてなぜか、心のなかで思った。そこにちがいない！

そして、その石原から北に折れ、集落の手前にある小川にかかった橋の手前で車を降り、左にさらに入って、見渡すかぎり田畑のつづくその小川に沿った道に立つ碑を、食い入るように見つめた。

それが「耕地復旧記念碑」だったのである。

その福地山と綾部の中間にあったはずの海軍の飛行場の建設に、二月はじめの厳寒のさなか、ぼくたちがおもむいたときは、ほとんど滑走路はできあがっていた。日本軍の占領していた南方の諸島を逆占領すると、土木機械を駆使して短時日で飛行場を造りあげ、たちまち制空権を確保してしまった米軍とちがい、その飛行場建設に使われたほとんどはシャベルであり、モッコであり、トロッコであった。

ぼくたちがやった作業は、飛行機の掩体壕とそこへの誘導路、そしてさいごは、なんの目的なのか詳らかにならなかったが、艦載機なら翼を折りたためば入れそうな、大きな横穴だった。優秀な身体の持ち主たちを選り抜いたというにはほど遠い当時の予科練の実態だったが、一年近くのきびしい訓練を経てきているので、徴用されてきた男たちより使いでのある労働力であった。なによりも賃金が安かったはずである。

だが十六歳そこそこのぼくたちにとって、それはたいへんな重労働であったことに変わりはない。横穴作業に駆り立てられたときは、三直交代で昼も夜も、しかも発破までかけねばならぬ危険な労働であった。

発破がなにかも知らず、ダイナマイトなどまるっきり見たこともないぼくたちは、徴用でひっぱられてきた鉱山労働者の指導で鉄のハンマーで穴を掘り開け、ダイナマイトを詰め、発破の用意をして爆破させ、土砂を運び、切羽をすすめる作業をした。おなじ班のひとりなど、発破が不発ではないかととちゅうまでもどったところで爆破にあい、大怪我をしたほどで、たえず起きる小さな落盤で小さな傷を負うぐらいは、しょっちゅうだった。

すでに消耗要員であることは、なにかにつけて思い知らされていたが、予科練でまさか、このような土木作業までやらされるとは考えもおよばなかったぼくたちは、事故にあうたびに、いよいよ気を滅入らせていった。消耗要員にしても、当初の目的どおり使われないことに、そしてこんなことで怪我したりすることに、やり場のない口惜しさにさいなまれたからである。

しかしこの横穴作業は、危険ではあったが発破したあと、煙がなくなるまで休めることや、夜勤のときは雑炊を食べられるという情けない楽しみや、とにかく土木労働に慣れだしたこともあったのでまだ救われた。

だが到着してすぐつぎの日、飛行場の掩体壕や誘導路に連れていかれ、すぐ二人でモッコをかつがされ、徴用の労務者がシャベルで放りこむ土砂を運ばされたときは、だれも言葉も出ないほど打ちのめされた。わずかに残っていた予科練であることの誇りを、みじんに砕くものであった。

それ以後、モッコを担ぐだけでなくトロッコを押し、シャベルを振るう土方仕事が延々とつづくのだが、雪が降ろうと雨がつづこうと、やむことはなかった。肉体的疲れだけでなく、心が日増しにすさんでいくのがわかる日々であった。ドカ練という言葉が、誰彼ということなく、蔓延していった。

「耕地復旧記念碑」を写しおえると、ぼくは、いまは青々と稲が生い茂っているどこまでもつづく広い水田地帯のどこで、予科練をふくめて大勢の人間がモッコを担ぎ、トロッコを押したのだろうと、もう一度見まわしてみた。平和にみち、静まりかえっている光景には、そのかけらの跡さえもなかった。

太平洋戦争があって、この豊かな水田が取り上げられ、多くの汗が注ぎこまれて飛行場になり、しかも役に立たないまま敗戦を迎えたことなど、これからも「耕地復旧記念碑」に気がつかなければ、だれもその昔を知るすべはないだろう。

福知山　校庭

だが「耕地復旧記念碑」にあるように、ここがあのぼくたちの飛行場にまちがいなかった。

するとあれもみつかるかもしれない！

そう思ったぼくは、道路に待たせてあるタクシーに小走りにもどった。待ちくたびれて、やっと終わってくれたかという顔をする運転手に、ぼくはたずねた。

「たしか、ここへやってくるのに橋を渡ったんだ。岸には、竹がぎっしりはえていた。三十三年まえのことで、それも残っているかどうかわからないけど、ぼくたちはこの近くの小学校に泊まって、そこから毎朝、歩いて、橋を渡り、ここへやってきて飛行場の建設をやったんだが。その小学校はどこだったんだろうか。まだ、あるのだろうか」

運転手は、それだったらすぐわかるというように、大きくうなずいた。

「この先を行くと、由良川が流れていて、橋がありますよ。そこからは、一本道だけど、とちゅうで道が二叉になっていて、左にちょっと入ると佐賀小学校がある。そこじゃないかなあ、お客さんが戦争中にいたとかいうところは。ほかにないもんなあ」

ぼくはうなずいた。名前に覚えもなかったが、とにかくそこへ行ってみたいと思った。まちがっていてもよかった。それにおそらく、見ただけではわからないだろう。

タクシーは、由良川にかかった古い橋を渡った。正直にいって覚えがあるようで、覚えがなかった。だが対岸の田舎道を川沿いに走りだすと、川岸まで密生している竹林が見えてきた。京都から綾部までの車窓からも、川のあるところではよく見かけた光景で、けっしてめずらしくないのだが、その川岸の竹林を見た瞬間、これから行くところこそ、ぼくたちが、滋賀からやってきて、はじめの一、二カ月、宿舎として利用した小学校にちがいないと思いだした。

その小学校での生活は二月から三月にかけてであったと思うのだが、そこで受けた衝撃はその後もあとあとまで尾をひき、ぼくの戦後の生活になにかにつけて影響をあたえてきたと、いまでも言うことができる。

タクシーは、やがて二叉の道を左へ入り、だらだらした坂を上っていくと、小学校の校門のまえに止まった。どこにでもある校門で、それだけではかつての記憶をよみがえらせるものではなかった。

石の階段を上って校門を入ったが、その横に新しい体育館もあって、なにか見知らぬ場所へ来た感じであつた。夏休みということもあって、人影はなかった。

「ちがうんじゃないのかな。学校のようすもそうだけど、校門のまえに、こんなに家が建っていたとは思えないんだけどなあ」

運転手は、だれか日直の先生がいるはずだから訊いてみるかとたずねたが、ぼくは首をふった。あまり定かでないひと昔まえの記憶で、人を振りまわしたくなかったし、こんどの旅はプライベートな追憶の旅なのだ。

運転手は、車の向きを変えると、乗るように合図した。そしてぼくを乗せると、タクシーは坂道をのろのろ下りはじめた。そのとき、ぼくは思わず、叫んだ。

「停めてくれ！ 停めるんだ！ そしてその学校の角を曲がってくれないか！」

運転手は車を停め、少しバックさせて、右へ曲がり、急な坂道を上っていった。

そこはつきあたりで、山がせまってきていたが、右側はやはり小学校の校庭であった。さっきは体育館がはじに建てられていたので気がつかなかったのだが、その体育館のはずれをタクシーのなかからのぞいていたぼくは、思いもかけないものを見たからだ。

体育館のはずれの丘の上は、どうやら校庭らしく、鉄棒が五つ六つ、高さの低いものから順々に高くなって並んでいた。そしてその低い鉄棒のはずれに、大きな桜の木が一本、校庭を圧するように枝と葉をひろげていた。

その鉄棒と、はずれにある桜の木という図は、どこの小学校の校庭にもみられる光景だ。だが、それが目に入った瞬間、ぼくたちが三十余年まえに宿舎として使った、当時の国民学校にちがいないと思ったのだ。

ぼくはタクシーから降りると、二、三段の石段を上って校庭に入ってみた。そして、まっすぐ桜の木の下に行ってみた。

これがあのときに生えていた桜かと思うとタイム・トンネルを経験したような気がして、その老木が現実には存在しないで、自分にだけ目に入るのではないかとさえ疑った。それにあのときは、こんな大木ではなかった。また冬ということもあって、葉も茂っていなかった。

日記をつけていなかったので、日ははっきり覚えていない。だが、この校庭でのあの集会は、おなじ班の嶋中の家をおそった悲報から一、二週間しか経っていないときだった。

嶋中が三月の十三、四日、とつぜん、家の人が訪ねてきたといって面会を許されたときは、その許されたことに奇異な思いがしたが、同時に、帰省も取り消されて家族と一年近くも会っていないぼくたちを羨ましがらせたできごとだった。

だが、目をまっかにして帰ってきた嶋中は、ぼくたちがなにを訊いても依怙地なほどに答えなかった。

やがてどこからか嶋中の面会のもようが伝わってきた。面会にきたのは嶋中の祖母で、どういうわけでその祖母だけ生き残ったのかは不明だが、三月十日の東京大空襲で、深川にあった嶋中の家族は、父母、弟妹のすべてが焼死しただけでなく、親戚のほとんどが死んだという。

その悲報は東京出身のものに大きなショックをあたえた。消耗要員であることをいやというほど味わわせられながらも、自分たちの存在が国土を、家族を守っているのだという大義が大きく崩れはじめたからである。

それに追いうちをかけるような緊急集会が校庭でおこなわれた。予備学生出身の分隊士は、あの鉄棒の列のまえに立って、きわめてきびしい調子で、東京の下町がB29によって大空襲を受けたこと、このままでは沖縄を奪われ、やがて本土決戦にならざるをえないこと、日本を勝たせるためには、ぼくたちの若い力がぜひとも必要であるというような趣旨をのべたが、要は特攻要員の募集であった。

特攻がどういう意味なのか、もちろん、ぼくたちはわかっていたし、それがどうやら潜水艇によるものらしいことも言葉のはしから察することができたが、いまの土方仕事から脱出できて、予科練らしい生き方、死に方ができるのであればというのが、そのときの気持ちであったのだろう。

それに、死はどんなものか、学徒出陣組とちがって、青春一歩手前の少年たちが深刻に考えたとは思えない。だが、もともと入隊するとき、それが当然ともなうものだと考えていた。

「志願するもの、一歩前に出ろ!」

だれもがいっせいに一歩、前に出た。と思ったのだが、おなじ班の泉川だけが進み出なかったのである。

しらけたような空気が、分隊士や班長の下士官たちの顔をよぎったあと、ぼくたちの班長があわてて叫んだ。

「泉川、おまえはなぜ志願しないのか!」

「自分は飛行機に乗りたいので、予科練に志願したのであります」

そのとき、この泉川のしごくあたりまえの発言になぜかたじろいだことを思い出す。

そして分隊士の横の葉のない桜の木が、いっそう寒々とした感じをあたえたように思う。

つぎの日、第一次特攻要員が発表された。なんとそのなかに、志願しなかった泉川の名と、家族が全滅した嶋中の名があった。ぼくの班からは他に何名か選ばれたが、みな年長者で、泉川と嶋中だけが十六歳組から選ばれていた。泉川には、どういう説得がされたのか。

ぼくは、校庭を見まわして、当時の光景を思い出し、この佐賀小学校こそ、まちがいなく当時の宿舎であったことを確信した。

一歩前に進み出なかった泉川と、東京大空襲で一家全滅した嶋中が、特攻要員に選ばれたことは、いろいろな意味で、当時のぼくにはたいへんなショックであった。そして戦後を生き抜いていくなかでも、たえずつきまとい、自分の生き方にまで気がつかぬ間に影響をあたえていたのではないかと思うこともあった。

志願しなかった泉川が選ばれたのは、あきらかに見せしめ、ペナルティだった。飛行機に乗りたいからいやだなどというまったく自分本位の理由で、全員が志願しなければならぬはずの、いや当然すると思った特攻要員への「一歩前へ」に進み出なかったことは、見のがすことができない〝反乱〟だったのである。

そういった〝反乱〟には、ただのペナルティでなく死という代価を払わねばならない軍隊という機構の非情さとともに、生と死が裏腹にある現実を、そのとき、ぼくは痛いほど思い知らされた。

十代の少年たちを鐘や太鼓で迎えいれたのだから、訓練はきびしかろうとも、生死にかかわることには海軍は慎重だろうと思っていた。泉川のきわめて少年らしい率直さ、空への憧れが〝反乱〟とみなされるほど、硬直しているとは考えてもいなかった。

いまでも手元に写真が残っているほど親しくしていた嶋中は、歌詞を作ってぼくに見せたし、入隊前少年団に入っていただけに心身ともにすぐれた少年だった。その嶋中が選ばれたのは、孤児になり、係累がないという一点に尽きると思った。

もちろん、これらはいまであるからいえることで、当時は、あらためて消耗要員であるということを、そして自分たちの生命が班長や分隊士など上官の手に完全ににぎられている事実をからだで感じとると同時に、その不気味さ、おそろしさにあとずさりするような思いをいだいたのであった。

そのほか、この選抜にはもうひとつの基準があったことは、そのメンバーが、泉川や嶋中を除いてなにかしらの点で、分隊や班の活動の足をひっぱる人間ばかりだったことでもはっきりしていた。

無線通信の受信にたえず失敗して、班の成績を悪くしていた人間、毎朝の駆け足で落伍をくりかえすもの、運動神経のせいか、のんびりやなのか、今流にいうと集中力に欠けてマット体操やその他でおくれをとるもの、外出時に問題をおこしたり、帰隊時刻に間に合わなかったりしたもの、あるいは学科の成績でとくに劣っていたものたちが、そのメンバーだったのである。

学科などはもともと二の次としたのは当然として、飛行機乗りならではの運動神経、体力などに欠けていることにも目をつぶり、まず予科練を大量に確保することを至上目的としたのだが、このさい、それら元来不向きな入隊者をまずはじきだして、消耗要員に差し出したのにちがいない。

自分がこのなかに入らないほうが不思議だった。あとで復員してわかったのだが、終戦後まもなく死んだ長姉は、班長の下士官に何回も手紙を送り、母子世帯同様の家庭と、その一人きりの男子である事情をくわしくのべ、配慮をそれとなく強調していたという。

二十歳前後から、病気がちの母に代わって家業をきりもりしてきた男勝りの、それでいて目はしが利き、気配りに欠けない姉が、戦争が激化すれば水泡に帰する努力とは知りながらも、一縷の望みをその手紙に託したのだろう。

ぼくが、第一次から第五次までくりかえし選抜された特攻要員に最後までならず、終戦を滋賀航空隊で迎えたわずかな人間の一人になりえたのは、その姉の手紙が功を奏したか、母子家庭の一人男子を最後にまわすという基準があったと考えるほかなかった。

もっとも、第三次の桜花特攻要員に選ばれたのは、知力、体力、運動能力抜群の人間たちのみであった。もちろん、ぼくがそれに選ばれるはずはなかった。「桜花」は、一式陸上攻撃機（爆撃機）に吊り下げられ、ある時点で切り離されてロケット噴射し、そのあとはグライダーのように滑空に移り、搭乗員が操縦して敵艦に突入する人間ミサイルである。

やがて第一次特攻要員たちの消息が、毎日毎日土方作業に明け暮れするぼくたちの耳に入ってきた。彼らは、滋賀海軍航空隊に一度もどり、それから特攻基地に派遣されていったらしいのだが、航空隊ではひとあばれしたという。

彼らは、「おれたちは、ガンだから選ばれたのだ。これから特攻に行くおれたちの邪魔ができるのか」と叫んで、糧秣倉庫を開けさせ、その夜の宴にいる酒や食べものを持ち出したというのだ。

そのニュースは、きっと航空隊とのあいだを行き来している下士官がもたらしたものにちがいないが、ぼくたちの気持ちを暗くさせた。

ガンというのは、分隊としての行動、班としての活動の足をひっぱるものを卑しめていう海軍独特の言葉づかいだった。

だが、だれがみても第一次特攻要員の選抜は、そんな基準があったのではないかと疑わせるものだった。本人たちがそう叫ぶのも、むりはないと思った。自分たちが劣っているから死地に追いやられるという、あまりにもあけすけな意図に反撥する彼らの心情が、ぼくたちにはよくわかった。

いままで喧伝されてきた、国難にわが生命を捧げる、本来若者自体の主体的犠牲的行動の実態を、からだで知らされた思いがして、戦争というものをあらためて距離をおいて見られるようにさせた一方、「一歩前へ」進み出たはずなのに、それをまぬがれたことにほっとする気持ちがないとはいえなかった。

それは一面、自分はガンではなかったという安堵と、彼らをガン呼ばわりする差別意識につながっていた。仲間を差別して優位を感じることこそ、きびしい階級制度のなかでの抑圧のはけ口であったにちがいない。

それは、表面は禁止しながらも、下士官によるすさまじい罰直（体罰）をはじめ上下関係のいじめを、士官たちが見ぬ振りをしたことでもわかるように、海軍という組織が望んでいたものといっていいだろう。このようなことは、同年輩でキャリア養成の海軍兵学校に入った少年たちが、経験するはずもない世界であった。

ぼくは、佐賀小学校の校庭で、しばらくのあいだ立ちすくみながら、タイム・トラベルをつづけていた。それに桜の木の横の鉄棒にも、強烈な思い出があった。泉川や嶋中が特攻要員として出発したあと、ぼくはよその班の練習生二人ほどから、この鉄棒のところで、めちゃくちゃに殴る蹴るの制裁を受けたからである。

それらは先任教員が班長をしている第一班の連中で、とにかく、ぼくの言動が予科練としてなっていないというのが制裁の理由らしかったが、よその班の人間から制裁を受けること自体がおかしかった。

しかし、かすかに覚えていることは、「おまえのようなガンには……」というセリフがぼくをうちのめし、反抗を放棄させてしまったことだ。特攻要員に選ばれた、彼らの顔が浮かんだからである。

予科練からドカ練に変わることを強いられたこと、そして第一次特攻要員選抜というできごとがあって、しばらく隊のなかに〝取り残され感〟からくる、なげやりな気分が横溢していて、どんなはずみでも火がつく状態にあったことは事実だった。ただ当時は、なぜぼくが制裁の対象になったのか、わからなかった。

おそらくぼくがあるべき予科練の姿からほど遠い、柔弱で目障りな存在と、彼らから見られていたのだろう。それだけでなく、善行賞を示す三角山型の臂章《ひしょう》を五本もつけている、上等兵曹の先任教員の意向がはたらいていた可能性がある。

善行賞は一本で三年、海軍のカマのめしを食べたことをあらわす。服の右ひじにつける階級賞の上にさらに鎮座するものだが、最高の五本は十五年以上の古参下士官で、下士官兵のみならず、士官からも怖れられる存在である。

それがなんであったのか、当時も、いまになってもはっきりしないし、考えもつかない。ただ、やはりそのときの「一歩前に出ろ！」に関連することであったと思う。

きっと先任教員は、ぼくを分隊のガンとして特攻要員にしたかったのかもしれない。振り向けることができなかった腹いせとして、彼が班長をしている班の練習生に、罰直の代わりの私的制裁をあたえたと考えるとよくわかってくる。

ぼくは、それらの思い出を振りきるように、待っていたタクシーのドアを開けた。

綾部

ぼくたちの分隊は、この第一次特攻要員を見送ったあと、まもなく佐賀小学校から離れ、綾部近くの小学校に宿舎をかえた。そしてそこから飛行場のそばの丘の山腹に、横穴造りに駆り出された。飛行場建設から穴掘りにかえられたのだが、土方をやらせられた点では変わりない。

その小学校にも、かずかずの思い出があった。魚雷艇の艇首に爆薬をつけて体当りをする震洋特攻の第二次、桜花特攻の第三次は、この小学校から出発していったのだ。

第二次以降は、「一歩前」はなかった。全員が特攻志願であることを、既定の事実としたのだろう。たしかに異端の泉川はもういないのだから、そういう処理をされてもやむをえなかった。

嶋中や泉川たちのときは、はじめての特攻ということもあって、仲間と別れるという別離の悲哀と、その選ばれ方にたいする複雑な思いとで、涙がにじみ出た。口々に「あとから行くぞ」とも叫んだ。だがそれ以降は、自分たちもいつかはという覚悟ができていたせいか、二回にわたってその小学校から送り出した特攻要員への「帽振れ」の別れは、淡々としたものだった。

当時を振り返ると、辛さと危険なことに変わりはなかったが、穴掘りにも慣れ、予科練とは似て非なるドカ練であることに安住し、片時の平和に浸りきっていた。それは来たるべき嵐のまえの一瞬の静穏といってよく、ぼくたちはそれをからだで感じ、酷な言い方をすればほっとしていた面がなくもなかった。

だからことさら、いっそうきびしさをましてきた戦況、アメリカ軍の沖縄上陸と日本軍の絶望的な抵抗、小磯軍人内閣の瓦解と鈴木貫太郎内閣の成立、ベルリン陥落とドイツの無条件降伏など、カタストロフィへ急テンポですすむ四月、五月の二カ月間のかずかずのできごとから目をそらし、土方にうちこんだのであろう。

それよりも、その小学校から滋賀空にもどる寸前、そこであった家族との面会のほうが、いまなお強い印象として残っている。あの小学校は、どこだったのだろうか。

「運転手さん、駅にもどってくれないか。まだ行きたいところがある」

長い佇まいからやっと車にもどってきたぼくに、ほっとした運転手はたずねた。

「どこですか、それは？」

「佐賀小学校のほかに、戦争中、予科練が泊まっていた小学校は知らないかな？綾部の町の近くで、由良川の向こう側、昔の飛行場のそばの山の近くにあったはずだが」

「これから綾部の駅へ行く県道沿いに、ふたつほど小学校があるけど、どっちだろうね。とちゅうにあるから、そこのところへきたら、お客さんに教えてあげるけどな、さあ、どこだろう」

車はまた由良川を渡り、国鉄の線路を横切り、県道に出ると、左へ綾部の町をめざした。運転手は、たしかに二度ほど、小学校はあれだと指さしたが、どちらもぼくの記憶をよみがえらすものではなかった。

とちゅう、あれではないかと思われた場所に学校があったが、それは中学校だった。旧学制の時代、新制中学が当時あるはずはなく、建物も当時をしのばせるようなものでなく、戦後建てられたものにちがいなかった。

「市役所に訊くとわかるんだけどな」

運転手は言ったが、ぼくは首をふった。

「いいんだ、佐賀小学校に案内してもらっただけで、もうそれでじゅうぶんありがたかった」

運転手が言うように、第二の宿舎であった綾部の小学校がどこにあったか、おそらく市役所にでも行って、記録を調べればわかるはずであった。だがかずかずの思い出があったにもかかわらず、そこは佐賀小学校ほど、ぜひとも訪ねなければならないという気にならなかった。

その小学校の思い出には、学童疎開で綾部に来ていた京都市の国民学校の六年生のこどもたちの慰問もあった。親元を離れながら、こどもたちは明るく歌を唄ってくれた。

予科練に入隊前後、東京、大阪などのこどもたちが集団学童疎開に行かされるのを耳にしていた。だが京都市のこどもまで、その三月から米軍の空襲を避けて、綾部に来ているのを知り、容易ならぬ事態が間近に迫っていることをひしと感じた。

東京のわが家も五月二十四日にかけての空襲で罹災し、さらに防空壕の荷物をとりだして知人宅へ逃げこんだ日の夜の五月二十五日、山手をおそった大空襲にあってすべてを燃やされ、生命からがら信州の知り合いを頼って都落ちした、という事情をしたためたはがきが届いていた。

守るはずだった家族のほうが先に戦火にあうというのは、まったく意外であった。入隊するとき、そのようなことが起きるなど、考えてもみなかった。ただ、嶋中のように一家が全滅するような非運にあわなかったことをせめてもの喜びとしたのだった。

そんなさなかに、家族との面会が許されるという知らせがもたらされたのだ。十五カ月ぶりに家族に会えるのである。十六歳の少年にとって、それは待ちに待った以上のものがあった。

前年暮れの浜松の大地震で帰省が取り消され、さらに飛行場建設に駆り出されたため、面会さえも延ばされていたことは、下士官の口からもれていた。帰省にせよ、面会にせよ、内地で一年以上、家族に会うことが許されなかったのは、戦時下の軍隊であってもきわめて異常なことであった。

それがやっとかなって、小学校を宿舎としてドカ練に励むぼくたちに、あえてその場所で面会をさせる理由はあきらかだった。すでに三次の特攻で、班の人数は半分に減っていた。その残った人間たちにも、近く特攻要員としての命令が下りるのにちがいない。

つまり、一兵残らず、本土決戦の消耗要員として動員される。事実、この面会が終わって滋賀空にもどると、第四次の特攻が選ばれ、さらに残った人間には意外な命令が待ちかまえていた。いずれにしても、家族との面会は、この機会をおいてほかになかった。

幸運だったのはその面会の決定の一週間ほどまえに、焼け出されて信州に逃げこんだ家族から移転先を知らせるはがきが届いたことである。でなければ面会の通知は東京の焼け跡に届き、あのころであれば移転先への回送もままならなかっただろう。

家族にも会えず、死地におもむくことになったはずと、すくなくとも当時はそう思った。だからこそ、その幸運な面会やその折に経験したことを、三十余年経って綾部で車を走らせながら、昨日のことのように思い浮かべたにちがいない。

ぼくは、綾部駅に向かう運転手に言った。

「綾部には、大本教のなにかがあるんじゃなかったかな。その辺にも行ってみたいんだ」

運転手は、奇妙な声をあげた。

「大本教ですって、するとお客さんは信者だったわけか」

「いや、信者じゃないよ、ただ戦争中、ここにいたとき、ちょっとそれにからまったことがあってね」

ぼくは、大本教の本山だかなにか知らないが、戦時下のなにか禁断の場所のような荒涼としたそこのありさまを思い出しながら、答えた。

綾部の駅前を通りすぎ、タクシーは、大きな門をもつ入口に止まった。

「お客さん、ここが大本教の本山ですよ」

ぼくは、タクシーを待たせて、その門のまえに立った。はじめて見る門であり、門の奥にある大きな黒っぽい建物も、ぼくには未知のものであった。だがどこかの新興宗教の本山のものとはちがい、落ち着いた、むしろ神道風の建物であった。とはいえ、戦中、ここをたずねたときは、そんな建物はまったくといっていいぐらい、存在していなかった。

あのとき、なんでこの辺にまぎれこんだのだろうか。まったくの偶然としかいいようがなかった。綾部の町に外出したことはあったが、駅前のほんの小さな一画であり、わずかな商店の立ちならぶ通りしか知らないし、当時は少なくとも十代のぼくたちの関心を呼ぶようなところがまったくない、静かな田舎町であった。静かというより、ひっそりしていて、ひと気が少なかった。

それよりも、なにか住民が外に出るのを怖れているような感じさえあって、異様だったという記憶がある。それがなぜなのかは、戦後、だいぶ経ってから知ることになる。

面会にやってきた母と次姉の姿は、あわれだった。とちゅう、名古屋で空襲にあい、待合室で眠れぬ一夜をすごしたというふたりは、長野から綾部までの長い汽車旅にすっかり疲れきっていた。箱根の山を越したことがないことを逆に自慢にしていた、向っ気の強い江戸っ子の母が、このように打ちひしがれたのを見るのははじめてだった。

ぼくにとって意外だったのは、長姉の姿がなかったことであった。聞けば長姉は寝こんでいて、面会にこられるような具合ではないということだった。すくなくともぼくが入隊するとき、長姉は結核をわずらってはいたが、それは軽いもので、病身の母に代わって料亭の切り盛りさえやっていた。その病いのことは、いままでの手紙ではいっさい知らせてこなかった。おそらく、長姉が知らさせなかったのだろう。

病状をさらに悪化させたのは、五月二十五日の大空襲のなかを逃げまわり、やっと汽車の切符を手に入れ、長野まで旅したせいだと、母は肩をおとして言った。いずれにせよ、母の相談相手であり、わが家の大黒柱でもあった長姉の病気は、母をいっそううまいらせていた。

また、ぼくにしても、八歳しかちがわないのに、小学校上級時より学校の父兄会には母の代役を務めてくれた男まさりの長姉に会うこともなく、本土決戦要員になることは、大きな心残りだった。だが、その姉の病いがぼくの思った以上に悪くなっていたことを知るのは、復員してからのことであった。

母たちがまわりを見まわしながら、みじめそうに気にしていたのは、手ぶらで、からだひとつで面会にやってきたことだった。

「東京にいるときだったら、それに焼けるまえに面会の通知があったら、こういうときにとアズキも砂糖も用意してあったのにね」

ぼくたちの隊は、東京のほかに、神奈川、静岡、山梨、長野の出身者で構成されていた。戦争末期とはいえ、食べものだけは地方のほうが豊富で、一年有余ぶりに息子たちに会え、そしてこれがさいごになるかもしれないというので、静岡その他の家族たちの運んできた重箱には、東京の人間たちの思いもよらぬご馳走がいっぱいだった。

東京からの家族でさえも、どんな無理をしてきたのか、それなりのものを持って面会にきていた。血縁、地縁がまったくない信州に疎開した母たちが、どうしようもないことはあきらかであった。

ぼく自身もそのときは十六歳の少年に返っていた。母たちがいかに苦労して面会にきたかも忘れ、地方出身の家族が持ってきた重箱をうらやましく、苛立たしい思いで眺めたにちがいない。母たちも、そのことをすぐ察したのだろう。三人とも、いたたまれなくなって、面会にあてられた小学校の講堂を早々に飛び出た。

そしてどこか静かなところで、ゆっくり話をしようと、場所を探しもとめているうちに、偶然にも、いまタクシーから降りたったあたりに出たにちがいないのだ。

奇妙に静まりかえった一画だった。なかは空地らしいのだが、幾重にも朽ち果てようとしている塀を鉄条網がかこみ、なかなか入口がみつからなかった。しかも、この区画にはどういうわけか、人ひとり見かけず、真空地帯のようにひっそり静まりかえっているだけでなく、当時なにも知らなかったぼくにさえも、禁制の地域に足を踏み入れたのではないかという不気味ささえあたえた。

のちに『中央公論』の「日本探検」（梅棹忠夫）を読み、はじめて大本教弾圧を知った。ぼくたちが歩きまわったところは、大本教の総本部のあった辺で、官憲に土台石までダイナマイトで破壊されつくした跡だったのである。

母たちとぼくの三人は、その塀にそって坂を上っていき、それから入口がみつからず、またもどってきたそのとき、一人の老人から声をかけられた。少年のぼくには老人と思われたのだが、あるいは老人と呼ぶには若すぎて、四十代の人であったかもしれない。

彼はよかったら自分の家にあがって、親子ゆっくり話していったらどうかと申し出てくれた。どうしてぼくたちが休む場所を探してうろついていると察しをつけて声をかけてきたのか、いまになってもよくはわからない。

おそらく当時は、その辺をうろつきまわることはあまり歓迎されることでなかったのかもしれない。ぼくたちがそのことで、なにかにまきこまれることを心配して声をかけてくれたのか、あるいは少年兵一人をふくむしおれた三人づれを見て、気のどくに思って呼びかけたかのどちらかであろう。

老人の家は、その塀の坂道の一本裏の路地にあったように思う。小さな家であったが、住む人の性格を反映しているのか、質素ながらこぎれいで落ち着きがあった。

ぼくたち三人は、その奥の部屋を借りて、老人の奥さんらしい人が運んできてくれたお茶を飲みながら、この一年有余のことを、それこそ止めどなくしゃべりあった。

東京の大空襲は、ぼくたちが新聞その他で想像していたよりすさまじいものであった。火の雨が降るといった形容詞で母は話した。次姉は油がまかれたのではないか、あとで服がじっとり油みたいなもので濡れていたのに気がついたと話した。

三人は手をとりあって、とくに長びく病気のせいでむりができない長姉を次姉がむりに手をひっぱって、その火の雨を右へ左へと避けながら逃げたという。さいごには行き場をなくして、当時、青山車庫の横にあった梨本宮邸に逃げこみ助かったらしい。

次姉の言うのには、つぎの朝、逃げきれずに都電の青山車庫の入口辺で黒こげになった死体を数多く見たとき、生命だけでも無事だったことを、涙を流して喜びあったということだった。

それを聞いて、予科練に行くことに反対した母や長姉を非国民呼ばわりし、勝手に願書を出して、その後のことを考えもしなかった無思慮が悔やまれてならなかった。同時に、非戦闘員である母たち民間人が苛酷な空襲にあっているのに、たとえ危険な重労働である穴掘りとはいえ、戦火とは無関係のいっときの平穏を得ていることが、恥ずかしくもあった。

しかも地方の面会者の持ってきた馳走に目がいって、母たちが手ぶらでやってきたことをうらやましく思った自分が、予科練の矜持からもゆるせなかった。訓練のきびしさ、罰直のむごさ、ドカ練の労働に耐えてきたのも、その矜持ゆえではなかったか。それらは、いま思い出しても悔いる記憶である。

いつまで話していてもきりはなかった。帰隊時刻もあるし、また、綾部の駅まで早めに母たちを送りとどけておきたかったので、老人夫婦に礼を言ってその家を辞そうとすると、老人は言った。

「兵隊さん。けっして死に急いではいけませんよ。むだな死はしないほうがいい」

ぼくはあまりの大胆な発言に、思わずまわりを見まわした。もちろん、外に聞こえるはずはないのだが、母たちもびっくりしたように老人の顔を見つめていた。本土決戦を目のまえにして、このような発言がだれかの耳にでも入ったら大変なことだ。

老人は、ぼくたちにもう一服していくようにすすめたのだった。

この人は老人と呼ぶより、男の人というほうが正しかったのかもしれないが、それはあとで触れるとして、ぼくたちを居間にあらためて招き入れると、奥にひっこんだ。そしてすぐ、一、二冊の本を手にしてもどってきた。

その本はあまり厚いものでなく、その汚れ方からいって、かなりまえに出版されたもののようだったと記憶している。あるいは思いちがいだったかもしれないが、その人は、本をめくると、ある箇所を指さした。

「ここにいわれているが、戦争はまもなく終わります。いや、終わるはずです。すべてがここに予言されているとおりにすすんできたし、これからのこともそのとおりになるはずです」

だれがそう予言したのか、おそらく彼は言ったにちがいないのだが、宗教についても、まして弾圧されタブー視されている新興宗教の教祖の名についても、十六歳のほとんど無知にひとしい少年が、思いあたるはずはなく、ただの名前としてさっと聞き流してしまったにちがいない。

だがそこに書かれていることは、一瞥しておそろしい内容だった。戦争を聖戦と信じこませられ、たとえ戦いのゆくえに漠然と重っくるしい不安をいだいていたとしても、それを批判することなど思いもよらなかったぼくにとって、目を疑いたくなる内容であった。くわしくは覚えていないが、それを整理して彼が言ったことは、おおよそ、つぎのようなことがらであったと思う。

日本じゅうは火の雨におそわれ、都市が灰燼に帰すだけでなく、〝まわりの島〟は敵国に占領され、やがて戦いはやむ。そして指導者たちは自殺したり自殺をはかったりする。その後、大きな国どうしの争いがつづき、結局は、日本は栄えるという骨子のものであった。

結末の日本は栄える云々は、このおそろしい予言をカモフラージュするもので、その意味するところは、日本の敗戦ではないだろうか。それが指導者の自殺なのではないか。母も姉もぼくも、あまりの意外さに、ただただ、聞き入っていた。

いま、号令がかかっている本土決戦はほんとうにあるのか。暗示の多い文章ではあったが、それらしいものはなかったような気がした。すると、このまま、戦争が終わるということなのか。

とにかく、何年もまえに、あるいはもっと昔に出されたかもしれないこの文書は、いま日本がこうむっていること、母たちが経験してきた大空襲の災害や、南方諸島や硫黄島がアメリカ軍に占領され、沖縄も、いまや占領されそうになっている現状を、みごとに言い当てていた。都市は火の雨におそわれ、〝まわりの島〟は占領されたではないか。

日本は負けるかもしれない、いま軍が叫んでいる本土決戦にしても、水際でなどとんでもなく、日本じゅう焦土と化して負けるのではないかという不安を、だれもとおなじように心のかたすみに抱きつづけていたとしても、日本が負けると断定されたり予言されたりすれば、みずからの現在の日々のいとなみの全否定になるのだから、反撥せざるをえなくなるのは当然であった。

ぼくは思わず、気色ばんでたずねたように思う。日本が負けるはずがない、かならず米英に勝つ。なにかのまちがいでしょうと。

だが、彼は平静にそのぼくの問いを受け流し、おおよそつぎのように言った。

「ここで勝つか、負けるかは問題にしないほうがいい。戦争はまもなく終わる。だから生命を長らえるほうが大事なのだ。きみはまだ若い。お母さんたちのためにも、死を急いではいけないのだ。できるだけ、生き残るべきなのだ」

その言葉は自信にみちていて、それ以上の反論をゆるさなかった。母は、息子に生き残れという彼の言葉にほっとしたように、また感謝するように、うなずいていた。おそらく、権力に弾圧され、その弾圧からみずからの信ずる宗教がよみがえることのみを願って生きているこの人にとって、予言は絶対であると同時に希望であったのだろう。

しかもそのような生き方をする彼が、軍部に鼓舞されてやみくもに日本の勝利を念仏のように唱えつづけていた他の人たちとちがって、現状をきわめてひややかに観て、やがて来るであろう日本の敗戦を予測できるのは、あのときの内外の動きから当然の帰結であったと、いまならよく理解できる。

だが当時のぼくは、その言葉に真実のあるのを認めながらも、またそこに無知な少年への真摯な忠告を感じながらも、当時よく使われた「戦争非協力者」ではないかとその男の人に不信を覚えた。そしてその予言というものに反撥したように思う。

とはいえ、親子三人にいっときの安らぎをあたえてくれた好意には、心から感謝したし、それを裏切ってはならない、他人に彼の言葉をもらしてはならない、これがわかったら大変なことになると、自分に言い聞かせたはずであった。

まもなくその家を辞した三人は、綾部の駅へ急いだ。だがぼくとちがって母は、息子とひさしぶりにゆっくり面会ができた喜びだけでなく、あの人の言うとおりだ、戦争はまもなく終わるのかもしれない、とぽつりともらして、ほっとしたような表情を浮かべていた。

その証拠に、綾部駅での別れもたんたんとしたものだった。二度と会えないのではないかという思いつめた悲愴さは、表情から消えていた。

そのあとの七月の末、母たちが逃げこんだ長野市の借家が、強制疎開の対象になった。

戦時下におこなわれた建物の「強制疎開」というのは、住宅密集地帯の空襲対策として、焼夷弾による延焼を防ぐため、民家を間引きして壊すことであった。東京では、ぼくたちが入隊するまえからおこなわれていたが、敗戦寸前の長野でそれに遭うとは、母たちはまったくついていなかった。

だが強制疎開と決まると、母は間髪をいれず、どうせ死ぬならという口実で、生まれ故郷の東京にもどろうと言い、実行した。たしかに血縁、地縁もない長野で、あの戦時下、病人のための食料の調達はたいへんむずかしかった。

母は、あの当時、信州の人はまったくのよそものに冷たかったと、あとでもらした。ぼくは知らなかったが、それほど長姉の病状は逼迫して、卵ひとつ得るのが急がれたのだろう。

だがあとで考えると、母があてもなく帰京を決断したのは、この綾部でのできごとと無縁ではなかったのではないかと思う。戦後、母はそれをにおわすようなことを、「綾部では元気づけられた」という表現でもらしたことがある。

ぼくは待たせてあったタクシーにもどると、運転手にたずねた。

「この近くにも小学校があったんじゃなかったのかな」

「いまでもありますよ。この坂のとちゅうにね」

「そこに行ってみてくれないか。なるたけ、ゆっくりとね」

ぼくのわずかな記憶では、男の人の家のすぐそばに小学校があったような気がしたからだ。あの老人、いや男の人に声をかけられたのは、小学校の横手であったように思う。

　タクシーは、のろのろと坂を上っていった。小学校はたしかに、坂の中途にあった。どこにでもみられる校門、運動場、校舎……。そこを過ぎると、野原に鶏舎のような建物がぽつんと建ち、その先にまた家並みが見えた。そこまで行ってもらったが、なにか見知らぬところというより、夢のなかで見た風景のなかへふたたび迷いこんだような気がして、落ち着かなかった。

　ぼくは運転手に頼んで、バックしてもらい、小学校の裏手にある住宅街にもどってもらうことにした。おそらく、そこにこそ、男の人の家があるにちがいない。タクシーはとちゅうで分かれ道を左へ入っていった。そして小学校の裏手か表かわからないが、校舎を右に見ながら住宅街をゆっくり走っていってくれた。

　三十余年まえに一度しか訪ねたことのない場所である。しかもそのあいだに新しく家が建ったのか、それとも改築されたのか、古い家々のあいだに、あきらかに最近のものと思われる住宅が建っているので、よけい見覚えのない町並みのように思われた。

天理市や福知山の小学校で体験した、タイム・トンネルを抜け出して昔に逆もどりしたような感は、ここにはなかった。

ぼくは三十余年という時の長さに、あらためてため息をもらした。当時十六歳の少年がすでに初老に近い年齢の男となっているのである。あのときの母も死んで二十七年になる。失われた時をもとめるには遅すぎたといってよかった。

とはいうものの、敗戦という打撃から立ちなおって戦後の混乱を生き抜いてこられたのは、ひたすら戦前の自分の選んだ道を否定すること、あるいは抹殺することをテコとしてであった。予科練時代の友人とは交際をたち、ある時期から流行となった戦友会のような集まりにも出席せず、一方酒席でナツメロ的に「若い血潮の予科練の……」が歌われるのに反撥するような生き方をしてきたのである。

その戦後を、ともにがむしゃらに戦い抜いてきた戦友ともいえる友人が亡くなってはじめて、抹殺した過去への旅に出てみたい気になったのだ。

だが時は経ちすぎ、いくらわずかな記憶からしぼり出そうとしても、出てこない。住宅街を抜けでて、もとの坂道に出たとき、これからどうするという運転手の問いに、ぼくはやや観念したように言った。

「まっすぐ駅へやってくれないか」

すると、運転手は言った。

「なにを探しているんですか、お客さん」

「いや、戦争の終わるちょっとまえ、ここで大本教の人らしい老人の夫婦に、親切にされたことがあったんでね」

すると運転手は意外なことを言った。

「それだったら、……さんじゃないかなあ。戦前から住んでいるという古い人だし、でもそのころ老人だったのかどうか。だっていま七十すぎだからね。もどって寄ってみましょうか?」

ぼくは、一瞬、どうしようか迷った。第一、戦前からこの辺に住んでいる大本教の信者が、その……さんだけであるはずはない。その人に会って、三十何年間、お礼にあがることもありませんでしたが、昔、行き場がないぼくたち親子を休ませてくれ、むだ死にはするなと忠告してくれたのは、あなただったですかとたずねていいのかどうか。

あなたがあのとき教えてくれた、予言どおりになりましたね、あのときから戦争が終わるまでほんのわずかではありましたが、聖戦と思いこみ、その必勝を信じ、みずからの生命をそれに捧げようとしたことにたいして、予科練に入隊して芽生えた懐疑が深まり、特攻に選ばれることからはずされると、後れをとったという焦燥感にかられる一方、ほっとする一面がなきにしもあらずでした、とでも言って、お礼を言うべきなのか。

それにあのときの予言さえも、定かではなくなっていた。何年もまえから『大本神論』とかいろいろな大本教の本をのぞいてみたが、自分の記憶にあるような箇所はみつけることができなかったことも、ぼくをたじろがせた。

なによりも、もしその人だったとしたら、当然のこと用意していくべき菓子折ひとつなく、三十余年ぶりにあつかましく、訪ねていっていいのか。

「いいんだ。駅へまっすぐやってくれないか」

ぼくは振りきるように、運転手に言った。

ふたたび大津

三十三回忌の旅も終わりに近づいていた。当時のぼくたちは、突如おこなわれた家族との面会が終わると、六月のはじめ、短かったがかずかずの思い出のある綾部を発ち、今回の旅とおなじように大津へ向かった。

大津に向かう列車の旅では、ぼくは車中の人たちにやはり違和感を覚えざるをえなかった。もちろん、それぞれの所用で利用している車中の人のほうが正常なので、三十余年も経って、その追憶のための旅をするぼくのほうに問題があるのだが、丹波市、大津、福知山、綾部で体験したかずかずのことは、ぼくをすっかり昭和二十年の世界に引きもどしていた。

滋賀海軍航空隊で待ちかまえていたのは、第四次の特攻要員の選抜だった。その第四次特攻要員を送り出してまもなく、残りのほとんどに、飛行科から兵科へ転科する命令が発せられた。

乗る軍艦すらない兵科の意味するのは、特別陸戦隊に再編制されることであった。彼らは、滋賀空で訓練を受けていた第十五期、第十六期とともに、舞鶴へ向かった。

その年の四月に入ったばかりの十六期の予科練は、銃も持たず、かわりに銃剣術に使う木銃を持ち、正門を出ていった。残されたぼくたちは、暗然とした思いで帽を振って別れた。

ここでもまた、笛や太鼓で大量に動員された予科練が、じつは海軍にとってたんなる消耗要員であったことを、あきらかに示していた。しかも最低の、本土決戦の肉弾消耗要員といっていい。

われわれより稚い彼らの、それでも精一杯、十六期甲種飛行予科練習生の矜持を保とうと元気よく手を振っていく姿に虚しさを感じざるをえない一方、仲間の十四期たちが顔をこわばらせて、こちらに一瞥もくれずに出ていくさまに、衝撃さえ受けた。むりもなかった。せめて数次にわたる特攻に選ばれればまだしも、予科練とは無縁の陸戦隊になることは、土方生活を耐えたさいごの砦さえ失うことを意味するからだ。その無表情な顔の裏に、はげしい憤りと、あきらめの入りまじった感情があるのを読みとったのは、ぼくの思いすごしだっただろうか。

さいごに選ばれた第四次特攻も、漏れ聞くところによれば、斬りこみ隊ではあったが、グライダーによる空挺隊で、硫黄島その他の敵の基地を破壊することが目的だったという。だが、陸戦隊にさせられて舞鶴に向かった彼らより、まだしもだった。

ぼくは、飛行機に乗るのにこだわり、一歩前へ出ずに、まっさきに特攻要員に送りこまれた泉川のことを思い出した。予科練に志願した以上、空での戦死は覚悟してきたと思う。それとは無関係な死を強いられるとは、考えもおよばなかったにちがいない。

なぜ、ぼくたちが残されたか、いまとなってもわからない。八班ある各分隊に残されたのは、一班の員数の二十名にもみたなかった。

新しく班長になった下士官は、特攻要員にすべてを送りこんだらどうなる、飛行要員はさいごまで確保しなければならないし、情勢が有利になれば、おまえらの訓練は再開するのだと励ましてくれた。

だが、それからのぼくたちは、がらんとした兵舎から、比叡山の山麓まで通って穴掘りをする日課をくりかえすだけであった。予科練としての訓練は、それ以後、なにひとつ受けることはなかった。

おそらく、海軍という官僚組織のなかの員数あわせだったのだろう。その証拠に、残されたものは特別に優秀でもなく、飛行に適した能力があるとか、自分もその一人であったことでわかるように、体力的にまさっていたわけでもない。優秀とみなされていたものは、先にも触れたが「桜花」要員として、何次かの、それもあまりおそくない特攻要員に選ばれて、すでに隊を離れていた。

ただ言えることは、残されたほとんどが、中学三年から入隊した、十四期での最年少者だったことであった。とはいえ、おない年の多くのものも、特攻ないしは、転科していっていいるのだ。

さいごまで滋賀海軍航空隊に残された予科練の一人であるぼくが、三十三年後、綾部から再度、大津の駅で降りたのは、その日の午後おそくであった。その日はとりあえず、駅の案内所に頼んで、大津市のはずれにある琵琶湖に面した旅館をとってもらい、一泊することにした。

八月の盛夏のさなかのこともあって、旅館から見える琵琶湖は、はなやかであった。色もあざやかな帆のヨットが、点々と湖をうずめて滑走し、そのあいだをぬって、けたたましい響きをたててモーターボートが白い波を残していった。

平和であった。三十三年まえの琵琶湖も、湖そのものは平和で静かだった。ただ、ヨットのかわりに、ときたま、何艘かのカッターを漕ぐ、予科練とそれを叱咤激励する下士官の叫びが聞こえたはずである。

だが、三十三回忌の追憶の旅のはじめには感じなかったのだが、今日見る琵琶湖は、各地を経てもどってきたためか、なにか違和感を覚えた。見知らぬ湖へ来た気さえした。

あの湖では、毎朝、朝礼・体操のあと、有無をいわせず、まるはだかで肩が水にひたるまで行進させられていた。あの行進は十二月終わりまでつづけられた。おそらく湖の水の冷たさまで、からだが覚えているはずなのである。

昭和十九年の十一月ごろ、徴兵猶予がなくなって入隊した予備学生ではなく、大学予科や高専在学で志願できた海軍予備生徒が、滋賀空に入隊してきた。戦後知りあった友人はその一人で、予科練の訓練ぶり、とくに朝の水中行進を見るにつけ、予科練に入隊しなくてよかったと、感慨をこめて述懐していた。

その琵琶湖の一見平和で健康的な風景に違和感を覚えるのはなぜだろうか。戦後自分たちが必死に生き、求めてきたものは、この豊かそうにみえる光景だけだったのかという思いもあった。

つぎからつぎと当時のことや戦後の過ぎ来し方が脈絡なしに浮かんでは消え、旅の終わりになるその夜は、ほとんど眠ることもできなかった。

つぎの朝、ぼくはタクシーを呼んだ。こんどは湖西線ではなく、大津から琵琶湖の西岸を北上して、まず堅田まで行き、そこからまた南下してみようと思ったからである。

朝礼を終えたあと、道ひとつ越して、水中行進をしたのだ。航空隊は道に接してあったはずである。

その道こそ、毎朝、何十分も駆け足をさせられたところだ。ときには堅田まで、イダ天と陰で呼ばれていた予備学生出身の分隊士のあとを追いかけ、下士官にどなられながら、必死に走った道でもある。また、隊から大津までの分隊対抗のマラソンに負け、全員罰直をくらった思い出もある道筋でもある。

そこからたどっていけば、滋賀海軍航空隊の跡はみつかるとぼくは思った。

タクシーの運転手に湖畔に面した航空隊を探したいと話すと、彼はすぐ、わかっているというように、うなずいた。だが、彼の案内したのは、こちらが予想していたとおり、大津海軍航空隊の跡で、いまは自衛隊の基地になっているところであった。

それはそれでなつかしくもあった。二週間に一回の日曜日、交替で半数ずつ許される半舷外出で大津の市内に行くのに、この大津海軍航空隊のまえを歩いていったものだった。

水上機を入れてあった大きなカマボコ型の格納庫もそのままで、昔とあまり変わっていなかった。ここは水上機の練習航空隊で、フロートをつけたいわゆる赤トンボの複葉練習機が並んでいたところであった。

ぼくたちは、丹波市の三重海軍航空隊奈良分遣隊に入隊してから三カ月目に、飛行適性検査を受けさせられた。

その検査で「操縦」と「偵察」とに進路が分かれる。さらに「操縦」はゼロ戦などの艦載機や爆撃機などの陸上機を操縦する「陸操」と、飛行艇や軍艦のカタパルトから火薬や空気の圧力で発進する水上機を操縦する「水操」とに分別された。

どのような適性があったのか知らされぬまま、ぼくは、なぜか「水操」にまわされた。順調に予科練を終えてさらに飛練の課程を終えれば、この大津海軍航空隊に行かせられたかもしれない。

「ちがうんだ。もうひとつ、航空隊があったんだよ。そこに行きたいんだ。でもいい、自分で探すから。それよりこのまま、国道一六一号線を堅田までやってくれないか。あまりスピードを出さずに、ゆっくりとね」

運転手は初老の、見るからにひとのよさそうな男だった。さかんに、その航空隊を知らないことを残念がってはいたが、こちらの注文どおり、ゆっくり車をすすめてくれた。

道のまわりのようすが、道幅までふくめて昔とすっかり変わっていたのは、大津航空隊のあたりまでであった。それから先は急にひなびて、道もこれが国道かと思われるほど、整備されていないままだった。きっと三十余年まえもこうであったのだろうと、ふと思った。しかもとちゅうから、道は湖畔を左手に離れていった。

堅田に近づくにつれて、なにか胸のなかのものが、喉もとまで出てくるような思いがつのってきた。見た記憶があるのだ。たしかに、昔、駆け足で通りすぎた街並みが、あちこちで残っているような気がするのだ。

堅田でひきかえして、坂本の近くまで来たとき、ぼくは思わず叫んだ。

「右へななめに入ってくれ！」

その道はせまく、旧道のようだったが、なぜか、そこはまちがいなく知っているような感じがした。

その古いたたずまいの街並みを、タクシーがゆっくりすすめばすすむほど、いままでもそこを自分が必死になって、落伍しまいと駆け足をしている気になるから不思議だった。

ここだ！　ここが何十回も、いやそれ以上、毎朝駆け足させられた道だ。ここを行けば、また国道に出る。それから、まもなく、航空隊だ。

駆け足のときの苦しかったからだの記憶が、まだ残っているとは思えなかった。復員後、しばらく駆け足をやっている夢を見つづけた。かならず一番になって眼が覚め、ほっとするのだった。すっかり忘れていたが、やはり、記憶として刻まれていたのだろう。まもなく、車は国道に出た。

ぼくは、朝礼後の水中行進は道を渡り、すぐ、湖岸から湖に入ったことを、ここでもう一度思いおこした。すると道からすぐ、なんの障害もなく、湖岸に入れる場所、つまり、道がほとんど湖岸に接しているところに航空隊はあったはずである。

だが、そのような条件に当てはまるところはないかと、けんめいに眼を凝らしたが、みつけられなかった。それればかりか、また、車は大津空のところまでもどってきてしまった。

「こんどもだめか。やはり、三十三年は遅すぎたのかもしれない。でもいいや、念のためもう一度、確かめよう。ひきかえしてくれないか」

こちらの執念が伝わったのか、運転手は言った。

「そういえば、とちゅうの貸ボート屋のあたりがそうじゃないかな。あそこしか、湖にすぐ入れる場所はない」

運転手が連れていってくれた場所に行くと、ぼくはもどかしく、貸ボート屋の敷地をつっきって湖岸へ出た。たしかに道から離れていないし、湖岸をかつてとおなじように水がひたひたと押しよせてきているし、遠浅そうでもあった。

だがいくら探しても、カッターを吊るし上げていたあともなく、それよりも、道の反対側はずらりと商店が連なり、その後ろにも住宅があることがはっきり見てとれた。

「航空隊の跡かもしれないが、家が建ってしまっていては、わかりようもないが」

すると運転手は意外なことを言うのだった。

「でもこの裏側には、まだ、広々とした国有地が残されていますよ」

「それだ！」

ぼくは思わず、大声で叫んだ。

比叡山

　タクシーは、商店と商店のあいだの道をすすんでくれた。両側にはそんなに古くもない住宅がぎっしりと建ち並んでいた。だが、一ブロックほど行くと、にわかに前が広々と開けた場所に出た。それは突然、思いもかけず、といった感じであった。

　まっすぐ海岸から比叡山の山並みへ伸びていく道の左側は、最近できたばかりのようなまあたらしい校舎が建っていて、そのまえには中学校か小学校の校庭が広がっており、右側は柵にかこまれたただだっ広い空地だったのである。

　空地の左のはるか奥のほうの一画には、兵舎らしい建物が二棟ほど見えた。そこには、緑の濃いカーキー色の自衛隊のジープが二、三台横づけにされていた。

比叡山の山並みが大きく目のまえに広がっているのを見たとき、ぼくは、やっと三十三回忌の旅が終わったのを確認したのだ。

「ここだ！　滋賀空の跡は。運転手さん、ありがとう」

車を降りると、ぼくはそう声をかけて、柵ぞいに右手へ歩いていき、二、三十メートル行ったところで、あらためて比叡山の山並みを仰ぎ見た。その空地は、はるか向こうまでつづいており、その先に人家と江若鉄道の後身である、湖西線の高架が見えた。

だがそこから見る比叡山の偉容は、とちゅう、福知山、綾部の飛行場建設での四カ月余を除いて、朝に夕に、苦しいときも、屈辱にまみれたときも、はたまた海軍という組織に非条理さを感じたときも、そして十六歳の少年なりにこの「大東亜戦争」のゆくすえに不安をいだいたときも、たえず仰ぎ見た、それとまったく変わりはなかった。

三、四日まえに訪れたときも、また昨日も、しっかり見たはずなのに、なんの感慨も覚えなかった比叡山が、いま、だしぬけに三十三年まえの姿をあらわし、それにまつわることを、タイム・トンネルを抜けたように、ありありと思い出させてくれたのだった。

おかしなことに、ついいましがたまで航空隊の位置はもちろんのこと、そのおおよその見取り図さえも忘れていたのに、その地点で比叡山を仰ぎ見たとき、そこにあったなにもかもを、昨日のことのように指し示すことができた。

この空地こそ、第一練兵場にまちがいなかった。ここで朝礼、体操を毎日くりかえし、各種の訓練でしごかれ、日曜の夕方には軍歌演習をさせられたのだ。静まりかえった空地のすみから、『元寇』の一節、「四百余州を挙《こぞ》る十万余騎の敵　国難ここに見る弘安四年夏の頃」が、予科練の歩調とともに聞こえてくるような気さえするのだ。

ここが第一練兵場とすれば、湖岸を走る国道一六一号線とここのあいだ、そこに建っている商店や住宅のために危うく航空隊の跡を見失いかけたのだが、そこにこそ病舎があったにちがいない。ぼくはそのとき、その病舎で会った内海の母親の、弱々しい笑いを浮かべたひとのよさそうな顔を、急に思い出した。

内海は、なにをやらせても、要領が悪いのかヘマばかりしてしまう、二歳年上の男だった。なぜかぼくになにかと話しかけてくるので、親しかった。その内海をおそったあの事件が、それがいまになって、三十三年も経って、脳裏に浮かんだことに、ぼくは忸怩たる思いをした。

その夜はいつであったか、定かでない。いずれにせよ、昭和十九年の秋おそくであったと思う。分隊全体が食堂に召集をかけられたか、夜の温習時間のなかでだったか、はっきり覚えていないが、ぼくたちの班長である一等兵曹が「精神注入棒」といわれる丸太棒を持って、もともと青ざめた顔をいっそう青くしてあらわれ、全員に声をかけたことからはじまったと思う。

そのとき、バッターの罰直がはじまると、ぼくは身がまえたことを覚えている。全員罰直か、それとも班全員か、どっちにしても身に降りかかるかもしれない、バッターの恐怖にぼくは緊張した。

海軍には上級者が下級者にあたえるいろいろな罰直、つまり体罰があった。予科練では、予備学生上がりの士官、分隊士がおこなう罰直は、「駆け足」や「アゴを取る」で終わったが、班長や教員の下士官からは、「前に支え」「バッター」の海軍特有の罰直を受けた。

「アゴを取る」は、拳骨で顎を殴られることであった。鼓膜を破るなという配慮があるのか、平手は禁じられていたが、眼から火花が飛び、顎が外れるのではないかと実感したことさえある。

「前に支え」は、腕立て伏せのことで、腕の屈伸の果てしないくりかえしや、数十分もそのままの姿勢を保つことをさせられる。辛くなって尻を上げたり下げたりすると、容赦なく「精神注入棒」で叩かれる。信じられるかどうかわからないが、「前に支え」をやられたあとには、したたり落ちた汗で水溜りができるほどであった。

恐怖は、「バッター」の罰直であった。「精神注入棒」で、思いっきり尻をぶん殴られることである。殴られるときは、立って尻を後ろへ突き出し、その打撃に耐えるために手をななめ前方に差し出す。だが、五発も受ければ、立っていることも容易でなくなる。

入隊して三、四カ月いた丹波市の奈良空では、ミッドウェー海戦生き残りという下士官が、偵察飛行に出た甲飛出身者の誤電で自分の艦が沈められ、やっと助かったとやたらに彼の班の練習生を殴るのを見た。もちろん、日本艦隊を捕捉したのはアメリカのレーダーで、言いがかりにすぎない。だが、あとで経験するバッターの罰直は、聞くこと、見ることも、受けることもなかった。

丹波市の奈良分遣隊から滋賀空にぼくたちが転属したとき、大幅な編制替えがおこなわれ、分隊長も分隊士も、班長（教員）もまったく入れ替わった。そのときから、バッターの罰直がはじまった。

はじめは、課業が終わった夜おそく、兵舎の裏手から響いてくる、ドスンというにぶい音や、そのあいだにときどき聞こえる怒声がなになのか、わからなかった。つぎの朝耳に入ってきたのは、善行章五本の先任教員の班で、全員に「精神注入棒」でということだった。それがバッターの罰直であった。

それからぼくの分隊では、各班でバッターがはじまるようになった。ぼくの分隊だけでないことは、入浴ですぐわかった。入浴は何列にも並んで順番を待つので、まえのほうの列にいる他の分隊の練習生の尻がみな青黒くなっているのを見て、彼らが昨晩、バッターを受けたのがわかるからだ。

半舷外出の門限に遅れたり、規律を守らなかったり、ミスをして食らう、体罰という意味の罰直もあったが、ほとんどのバッターは罰としてではなく、理由のないものであった。ただ海軍精神を注入する、娑婆気を抜く、といったたぐいの名目でおこなわれる。毎週一回はバッターを受ける班もあった。一般的には「気合を入れる」としてやられる。

また、受けるほうも、なかには毎週のバッターを耐えたと誇らしげに言うものも出てきた。軍艦の場合、上官の命令に絶対にしたがう必要があるから、気合を入れられることで、予科練として一人前になっていくというのである。

ぼくは、顎を殴られたことや、「前に支え」はけっこうやられた。「前に支え」で尻に「精神注入棒」を振り下ろされたが、いわゆる立って受けるバッターは、他の班とくらべて少なかった。それも、だれかの失敗か規則違反で、全体責任が問われて班全員が受けたときの罰直だった。理由もない「気合を入れる」ためだけのバッターは受けなかった。

おそらく、班長の一等兵曹は、「気合を入れる」バッターの罰直をあまり好まなかったのだろう。だが全体責任のバッターの罰直であっても、一列に並べられ、両手を前に伸ばし、尻を後ろに突き出したまま、つぎからつぎと「精神注入棒」で殴られて発するにぶい音を聞き、それが次第に近づいてくるのを待つあいだの緊張と恐怖は、いまでも忘れられない。

おそらくその点では、ぼくは海軍にもっとも不向きな意気地のない人間であった。また、ある班全員がバッターを受けるのを、見せしめのために分隊全員が立ち合わされたときなどは、まともに見ていられなかった。だが、そんなことなど、いま思い出して書いているだけで、あの事件をまえにしては、すっとんでしまうことがらであった。

あのとき班長が、ぼくたちに声を荒げて話したことは意外なことであった。先日おこなわれたモールス符号の通信受信のテストで、四十字近くもまちがえたのがいる。そいつのおかげで、班はもちろんのこと、分隊全体で恥をかいたというのである。

入隊してからすぐぼくたちが教えこまれたのは、モールス符号であった。海軍は、トン・ツーのイを伊藤（イ・トー）、トン・ツー・トン・ツーのロを路上歩行（ロ・ジョー・ホ・コー）というように暗記では覚えさせなかった。受信音でたたきこみ、自習は小さな笛でピ・ピーやピ・ピー・ピ・ピーをくりかえさせた。

音感によるものだから、信号の速度をあげてもついていける。まだ頭のやわらかな少年相手には、すぐれた教育法であった。だが、緊張感がゆるんだりすると、あっというまに何字分かが飛んでしまう場合があった。自分ではないかと、だれしも固唾をのんだと思う。いっぽうで、いくらそうだとしても、そんなにまちがえるはずはないという気もしたはずだ。

だが班長が名指ししたのは、内海だった。班長は内海に、「出てこい、おまえのまちがえた数だけ、気合を入れてやる」と叫んだ。

バッターは、多くても五発から十発で終わり、たまには二十発というきびしい罰を受けたなどといううわさも耳にしたことはあるが、四十発ものバッターなどいままで見たことも聞いたこともなかった。

内海は十発をこすと悲鳴をあげた。「もうしません」とか「ゆるしてください」「助けてください」と声をふり絞って懇願した。しまいには班長の精神棒にすがりついた。

いつのまにか、まえからぼくたちの班長にたいして気合の入れ方が少ないと批判していたという先任教員が、その場に来てにやにやしながら眺めていた。ほかの教員もやってきていた。

班長は内海のなりふりかまわない助けの願いと、先任教員たちの立会いもあってか、いっそう顔を蒼白にした。そして、何回もむりやり立たせ、「それでも海軍軍人か」とか「恥を知れ」とかどなりたて、精神棒をはげしく内海の尻に振りつづけた。

内海は何回も気絶した。そのたびに班員に声をかけて持ってこさせたオスタップ（たらい）の水をあびせた。内海がふらふらしながら立つと、また精神棒が飛んだ。しまいには、倒れたままの内海に精神棒が、さいごまでおそった。

当時の陰惨な光景が、精神棒が尻にくいこむにぶいドスーンという音とともに、ありありと昨日のことのように、目のまえに浮かび出てきた。ぼくたちは、息をのんで見守るだけだった。

内海の罰直が終わると、先任教員は、海焼けした赤銅色の顔の奥にするどく光る目でぼくたちをにらみまわしながら、「おまえたちは甲種だかなんだか知らんが、×銭しか値打ちのない人間だということを覚えとけ。一枚のはがき代で、いくらでも補充がつくのだ」といった言葉を投げつけた。

はがき代がいくらであったかだけ覚えていないが、その言葉はいまでも頭に刻みこまれている。ぼくは凄惨なバッターの罰直をくわえた善行賞二本の班長より、五本の先任教員のほうをゆるせないと思った。たしかに海軍は、ぼくたちを消耗戦力とみなしていた。それをあからさまに言ったのが、その言葉であった。

だが先任教員の言葉のなかには、わずか半年で二等飛行兵から飛行兵長、さらに二等飛行兵曹に進級する甲種飛行予科練への憎悪もふくまれていたと思う。国に殉ずる、殉じなければならないとして志願してきた、ぼくたちのだれひとり、階級などにこだわっていなかった。

十五年以上も海軍で苦労を重ねながら、上等兵曹にとどまっていることに、彼は心の底では我慢できなかったのではないか。その憤懣のはけ口が、彼のよくやる、「気合を入れる」バッターであったのだ。

先任教員は、あまりバッターをしないぼくたちの班長を、しめしがつかないとして、苦々しく思っていたのだろう。内海の失敗は、よい口実を彼にあたえた。なれない班長のバッターは、より制裁をむごたらしいものにしたと、いまなら考えることができる。

内海は、そのあと、やっとのことでぼくたちの助けをかりて寝台に寝たが、その夜から高熱を発し、四、五日後に病舎に移された。ぼくたちは、訓練と日直やかずかずの当番、そのなかには学徒出陣組の分隊士の下着の洗濯もあったが、その合い間をみて、内海を見舞いにいった。

彼は日に日に、目に見えてやせていった。そして、ある日の見舞いのとき、内海の母親がそこにいるのをみつけたのである。

母親の話だと、内海は結核性痔瘻で、それも相当悪性化しているので、近く舞鶴の海軍病院に移送されることになり、そのまえに面会をゆるされたとのことだった。内海のやつれはてて青黒くなっているその顔つきから、死ぬ危険性も考えて結核性痔瘻にしたてあげ、母親に面会をさせる電報をうった可能性もあった。

だが内海は、母親にはあのバッターの罰直のことはなにも話していないようすで、ただ母親に甘えている少年の姿にもどり、母親もまた、やっと息子をとりもどした嬉しさをからだいっぱいにあらわしていた。そしてぼくたちにいろいろ世話になったと、くどくどと礼を言うばかりで、こちらも事情をしゃべることもできず、内海に、早く元気になれよ、また会おうぜなどと、心にもない元気づけをして別れたのだった。

あれから内海はどうなったのだろうか？　傷か結核性痔瘻が癒えて元気になったであろうか。母親が富山から出てきたことだけは覚えているが、その住所の記録はない。

あのあと、福知山へ綾部へと転々とし、大津にもどってまもなく終戦を迎えたのだ。また、ぼくたちの班長もなんら咎められることはなく、先任教員とともに、特別陸戦隊が舞鶴に向かったとき、滋賀海軍航空隊から姿が見えなくなった。

敗戦の混乱のなかを生き抜くことに精一杯だったとはいえ、さらに戦中の体験を否定するために、それらを意識的に忘れようとしていたとはいえ、内海のその後に一度も思いをかけなかったことに、ぼくの胸には鋭い痛みが走った。

ぼくはその思い出を振りきるように、練兵場のほうにまた目をやった。左手の学校のさらに左にある住宅街のあたりこそ、隊の中枢部があったところだ。すると、その先の道路こそ、先日訪れた京阪電鉄の滋賀里から湖岸に向かった道に沿った××牛乳のあったところで、滑走路や整備工場のあった場所にあたる。とすればいまのように、滋賀空全体の見取り図が頭に描かれていれば、あのときでも、まっすぐ、ここにたどりつけたはずだった。

だが、ぼくは、丹波市、大津、福知山、綾部、大津と、戦中に移りかわったとおりにたどっていき、はじめてここに立つことができたのを、それでよかったと思っていた。

ここで、昭和二十年八月十五日を迎えたのだ。

すでにソ連の参戦、広島、長崎への「新型爆弾」の投下もあり、とくに新型爆弾が、日本にとって起死回生になるはずと教えられたことのある、開発中とされた原子爆弾であることをさとり、敗戦というより滅亡以外ないと内心覚悟していたこともあって、ラジオより流れてくるわかりにくい天皇の詔勅の意味するものが、事態の深刻さを知らせるなにかであることはすぐわかった。

ただ全員、整列して、兵舎の拡声器から流れる天皇のいわんとすることが、その聞きなれない声色とあいまって、降伏なのか、玉砕を命じているのか、はっきりしないのだ。下士官にその意味を訊こうとつめよるものがいたり、玉砕も辞せずと息まくものがいたり、しばらくすると、騒然としだした。

やがてまた、全員集合の号令がかかり、こんどは司令がみずから、拡声器をつうじて「国体護持」のため「妄動」するなとか、「終戦」とかあまり歯切れのよくない言葉を羅列した。そこで、どうやら「玉砕」を命ぜられたのではなく、負けたのだとはっきりしたのだが、ほかのものたちが涙を流したり、泣いたりしているのに、なぜか風船玉から空気が抜けていくような虚脱感しか覚えなかった。ただ、真夏の太陽がまぶしかった。

死なないですんだという喜びも、負けたという悔しさも、国を守りえなかったみずからの力の足りなさを情けなく思うこともなかった。まして、自分一人でも戦うぞと息まくものたちに同調する気さえなかった。

その日の夕方、「本土決戦」の是非を、そのときになっても口角泡をとばして議論しあう人間たちをあとにして、この練兵場の一角に立って、ぼくは比叡山の山並みを仰ぎ見た。そのときは今日とちがって、比叡山の麓近くまで航空隊がつづき、その先は農家が点在するにすぎなかった。

夜になると、比叡山は深々とした暗闇のなかに姿を消す。だがその日にかぎって、夕闇のせまるなかを、ぽつん、ぽつんと明るくきらめくものが見えた。やがて夜のとばりに包まれても、その光は消えることはなかった。それは、山麓に点在する農家の灯であった。

ぼくはその灯に引きこまれるように、立ちつくした。その農家の灯を除いて、ぼくの八月十五日は語ることはできない。はじめて、そこで敗戦をからだで感じたからだ。その灯は平和を願ってきた人びとの意思表示そのものだった、といっていい。徹底抗戦を叫ぶ軍部や、まだ敗戦を信じきれない人びとのなかにあって、いち早く灯火管制を解くその行為は、人びとにどのような戦争への思いや傷跡があろうと、「大東亜戦争」がこれ以上つづくことを望んでいない証拠であった。

それをぼくは、違和感をもって見つめたことを、いま三十三年たって、この練兵場に接する道路に立って、あらためて嚙みしめた。

〝国難に殉じる〟〝国を護る〟などと気負いたって予科練に志願したことが、いかに空しかったかなどと、そのときすぐ、感じたのではなかった。〝娑婆の人〟の本音のようなものをはじめて知って、ただただ、立ちつくしたのだった。空しさは、そのあとにきた。

いま、比叡山の山並みを練兵場越しに仰ぎ見ながら、ぼくはその後の戦後の生き方の原点が、ここにあったことを思い知った。それは、「三十三回忌」の追憶の旅の終わりであることをも意味していた。

エピローグ　その戦後

いまから三十余年まえ、戦中の一年半近く甲種予科練習生として送った日々を、私は追憶の旅でさぐった。

その旅の終着点だった滋賀海軍航空隊より私が復員したのは、敗戦後まもなくの残暑きびしい昭和二十年八月の二十六日のことである。

多くが特攻隊に選抜され、残りのほとんどが陸戦隊に転科させられて、滋賀海軍航空隊に残されたのはわずかであった。敗戦後まもなく、糧秣倉庫から主計関係者が物資を持ち出している、といううわさも聞こえてきたが、その真偽はわからない。復員するとき、私たちは、乾パンや缶詰などの食料、石鹸などの日用品の配給を受けた。

それらを衣嚢に収めながら、私はむしろ、手軽な土産のように考えていたふしがある。それが飢えに苦しむ家族たちにとって、どれだけ貴重な贈り物になったか、のちに知ることになる。

グラマンの機銃掃射は受けたし、分隊のほとんどが、特攻隊や陸戦隊に送られるのを経験したが、B29の空襲にあわなかった予科練の私は、家族たちからその恐怖と災害の模様を聞きながら、焼け出された非戦闘員の一般市民がいまどのような暮らしをしているのかについては、想像外だったのである。

東京に復員するおなじ班の隊友二人と、大津から朝の九時ごろ東海道線に乗りこんだのだが、満員列車の窓から飛びこみ、先に入ったものの手を借りなければ潜りこめないほどの混みようであった。

その立錐の余地もない状況は、とちゅうの駅での出入りはあったが、東京まで変わりはなかった。からだを窓にこじ入れるように乗り入れ、座りこんでいる乗客や、ぎっしり立っている人が邪魔して、外の景色はほとんど見られなかった。

そんな状態のまま、私たちを乗せた客車を引っぱっていく蒸気機関車は、あえぎながら坂を上り、時には駅で長く停車して、ゆっくり、東へすすんでいた。

私たちが敗戦をもたらした兵士であるというような視線や扱いも受けず、車内は異様に静かであった。おそらく、連合国軍が進駐してくるまえのいっときの静けさとも、張りつめたものが一瞬にしてなくなったあとの空虚さとも、いえるかもしれなかった。

その沈黙が破られたのは、どこかの駅に達する手前であったと思う。「あれは！」という窓際に押しつけられて座っていた乗客の叫びからであった。いっせいにしゃがんで窓の外を覗きこんだ人から、ため息がもれた。

私も見たが、それは一面の焼け跡であった。ところどころに焼け爛れた建物があり、そのあいだにそまつな小屋が建てられ、人影もちらちらと見えた。

「大阪は、もっとひどい！」とそばでつぶやく声が聞こえた。私も大阪が空襲にあった何回かの夜、比叡山の上空が真っ赤に染まったことをこの目で見ていた。だがB29による空襲の災禍を実際に見たのは、そのときがはじめてであった。あまりの光景に慄然としたことを、私はいまでも覚えている。

それから先、いくどとなくそれら空襲にあった市街地を通り抜けたようだったが、乗客の注目を引くこともなく、必死の乗り降りの混雑のなか、ちらっと見えたにすぎなかった。

東京駅に着いたのは、夜、九時を過ぎていた。横浜も、川崎も、東京もまっくらで、明かりもまばらであった。

私の家族は、二度の戦災のあとに逃げこんだ長野で強制疎開にあい、どうせ死ぬのなら生まれ故郷へもどろうと、東京に舞いもどったのは八月のはじめだったという。その世田谷の移転先を知らせる手紙が届いたのは、遅れに遅れて復員する少しまえであった。

その夜は、見知らぬ世田谷の移転先を探すのは困難だという連れの隊友の一人のアドバイスで、彼の家に泊まらせてもらうことにしていた。駅に着くと、私はうす暗い東京駅の丸の内北口の改札口に駆けこみ、便所の場所をたずねた。

大津から東京までの長い汽車の旅のあいだ、若かったせいであろう。立ちんぼうは平気であったが、こらえにこらえたのはトイレだった。車内の移動はほとんど不可能だったのだ。

駅員が「あっちだ」と改札を出た左方向を指さした。その赤レンガが積まれた壁の向こうは、まっくらであった。そこには、なにもなかった。壁の仕切りが、こわれたままいくつか残っていた。

見上げれば、まばゆいほど澄んだ夜空があった。そこに瞬く星が美しかった。ここが東京のどまんなかとは思えないほど、きれいな夜景であった。

駅員からそこが「便所だったんだ。そこで済ましてくれ」と声がかかってきた。位置の関係からいって、そこにこそ、星空をさえぎる東京駅をあらわす三つの丸天井のひとつがあったはずだ。私は用を済ませながら、はじめて東京空襲の爪跡を体験した。

つぎの朝、十条の隊友の家を出て、田端で乗り換え、山手線の内回りで渋谷に向かった。車窓から、あらためて戦災のすさまじさを知ったが、やはり、渋谷で降りて通学路であった道玄坂を仰ぎ見たときが、いちばん大きな衝撃であった。

いまでもそのときの光景が、記憶のなかにしっかり根付いている。道玄坂の下から眺めると、一見、草木ひとつだにない荒れ果てた禿山かと見まちがえる風景があった。しかし、よく見ると一面焼け跡で、崩れた建物のかけらで埋まっていた。その焼け山の中央をはしる広い山道こそ道玄坂で、その左側に、二、三の商店が奇跡的にも残っていた。手前の焼けて無残な姿をみせていた建物は、東横映画劇場（のちの東宝映画劇場）であった。

坂道の左手の上方には、大正大震災のあと銀座の仮住まいとして賑わった百軒店《だな》があったはずだが、大正以前は荒木山と呼ばれた、山にもどっていた。それもみにくい、どす黒い山に変容してしまっていたのである。あまりの変わりように、言葉がなかった。

あの百軒店の奥にあった稲荷神社で、ほかの〝大人〟の出征兵士二人と並ばせられて、町内会の見送りを受けたのである。三人とも配給を受けた日章旗をたすき掛けした。私の日章旗には、小学校の級友や知人の寄せ書きがしるされていた。

あとで聞いたのだが、出征兵士を見送りにきた近所の果物屋の老女主人が、私のような〝こども〟が戦争に行くなど、こんな悲惨なことはない、この戦争はどうなるのだろうかと嘆き、私の身を案じて涙を流したという。

もちろん、荒木山のわが家は焼けていて、なにもなかった。また、果物屋も跡かたもなかった。すべてが消失していた。後片づけをしていた見知らぬ人にたずねたが、果物屋をはじめ付近の人の消息はなにひとつわからなかった。

それが八月十五日につぐ私の第二の敗戦経験であった。

天皇の敗戦の詔勅を聞いたときは、本土決戦の消耗要員としてさいごまで戦うという張りつめた気持ちが、はしごをはずされたようにとつぜんなくなり、呆然とした。同時にその夜の民家の灯に平和を望んだ人びとの本音のようなものを感じ、予科練に志願したことがなんであったのか、空しささえ感じた。

だが渋谷の無残な焼け跡は、その空しささえ吹き飛ばすほど、私を打ちのめした。「大日本帝国未曾有の危機を救う戦い」に馳せ参じ、国を、家族を守るのは自分たち若者の義務だなどとして、母親たちの反対を封じて予科練に志願した結果を、目のまえに見せつけられたのである。いままでの自分の生きてきたあり方を、考え方を、全面的に否定されたような気がして、力が萎えていった。

そのとき私は、下町の空襲で深川の家族全員焼失し、第一次特攻隊に選抜された嶋中を思い浮かべた。もし生きて復員することができたら、いまごろ祖母の疎開した関東の近県に帰るまえに、深川の焼け跡に寄って、なすすべもなく、立ちすくんでいる気がした。

それにしても、二年のあいだに志願させ、大動員した甲種飛行予科練習生の数は、十三期から十六期を併せると、十三万余人にのぼる。なぜ海軍は、そんなにも膨大な数の旧制中等学校の生徒を甲種予科練に動員したのか、私にとっていまだに謎である。航空要員だけであれば、その生産機数から限られていたはずで、特攻要員として考えられていたとしても、かくも多くの少年を必要とするはずはなかった。

それら十三期から十六期の大量の予科練は、数は少ないとはいえ約千九百人いた戦死・病死者（その多くは十三期であった）を除いて、全国各地の航空隊や、特攻基地、海兵団から、八月末までにいっせいに復員して郷里に帰っていった。

彼らのなかには、家族が地方に疎開して、郷里にはいない場合もあっただろう。あるいは、家族が外地にいて帰国していなかったケースも稀有ではなかったはずである。また嶋中のように、空襲で家族が全滅したことなど、めずらしくなかったのではないだろうか。

いずれにせよ、家族や縁故先へ、私同様、重い衣嚢を背負って復員していったはずである。その彼らを待ちかまえていたものはなんであったのだろうか。

昭和十五年の文部省の調査によると、全国平均で小学校を卒業して旧制中学校や旧制実業学校など中等学校（五年制）に進んだ男子は、二十八パーセント（女子は二十二パーセント）。クラスの四人に一人強しか進学しなかった。いまとちがって当時は、それほど中等学校へ進むものが少なかった。その彼らのうち少なくない数の少年が、甲種予科練習生に志願したのである。

さらに中等学校（五年）のなかでも中学生は、一部は就職したが、多くは旧制高校・大学予科、高等専門学校（工業、商業、外語など）や、海兵や陸士など陸海軍諸学校へすすんだ。実業学校生でも、就職組が多かったが、少なからず高専へすすんだ。

予科練に志願しなければ、四年、五年で海軍兵学校、陸軍士官学校予科などに行った可能性もあるが、多くは中等学校の普通の少年があたりまえのように選んだ道にすすんだはずである。しかもその年、昭和二十年の三月、戦時下ということもあって、旧制中等学校の修学期間は一年早まり、四年で卒業していた。

その秋、文部省は復員してきた陸海軍諸学校の卒業者や在学生などの復員学徒に学科試験をおこなわず、口頭試問、身体検査だけで大学、高校・大学予科、高専に転入学できる門を開いた。予科練も、ある基準をみたしていれば受験可能であったが、この転入学の主たる目的は、海兵、陸士など陸海軍諸学校の在学生の受け入れであった。

だが中学三年で入隊した予科練で、これを利用できたものの数は少なかった。特例によって、予科練については中学三年修了者という条件がついていたからである。中学三年で志願した予科練は、秋に入隊したものはもちろん全員、翌年の春に入隊したものも多くはとちゅうで学業を放棄したため、修了の条件をみたしているものはあまりいなかった。

この中学三年をふくめて予科練の多くはその時点で、復学への道を捨てたと思う。もともとこの復員学徒の特例は、先にも触れたが、優秀な「学徒」である陸海軍諸学校の在学生の救済を目的にしていたからである。

復員し、復学もしなかった多くの予科練は、死ぬという定めが、とつぜん目のまえから消えたので、ただただ茫然として、無為の日々を送っていたと思う。また「軍国主義」から「民主主義」への大転換に、自殺を考えた人間も少なからずいたのではないか。

なかには、彼らに皇国史観を教え、説いたものが一夜にして民主主義者になったことに、反抗してぐれたものも出たという。〝予科練帰り〟か〝くずれ〟かわからなかったが、海軍の作業着を着て半長靴をはき、黒線が一本入った帽子をかぶり、闇市を肩いからせて歩きまわり、睨みをきかせている少年を、私自身も見かけている。

だが当時の私は、ただただ中途退学した軍国少年の矜持から、元の学校にはもどりたくなかった。あのころの私は、まったく頭が真っ白であったというしかなかった。だから死の床を前にしている姉がいるというのに、経済的にはとうてい進学など考えられないというのに、いっしょに復員した隊友に勧められるまま、復員学徒の特例で予科練を受け入れた大学予科に、編入の手続きをしてしまった。

だが籍をおいたその大学予科は、そのころ休講につぐ休講で、また学生は学生で、一部を除いて、敗戦の痛みも生活の窮乏も、私には感じていないようにみえて、なかなか馴染めなかった。なによりも、死を覚悟して予科練に志願したものと、勤労動員で空襲の災禍にあったとはいえ学業をつづけた人間とでは、大きなへだたりがあった。その違和感だけでなく、編入してまもなく、大黒柱の姉の死や家族の病気などがあいついで、経済的に困窮し、学校に行くのがまれになった。いっしょに編入した隊友とも、つきあうことがなくなった。そして、ひたすら苦しい戦後の生活を生き抜くために、朝から晩まで働きつづけた。

新聞配達、家庭教師などの「苦学生」の定番はもちろん、行商からはじまって路上の宝くじ売り、映画のエキストラ、土建屋の事務、生命保険の外交員までやった。だがその「アルバイト」などとはいえない、追われるような日々の労働は、戦後の価値の大転換から受けた傷を忘れさせてくれる一面もあった。

昭和二十二年暮れ、予科のドイツ語教師に救われて、彼が編集長に就任した文芸誌の編集助手のような仕事を得てやっと、その最悪の状態からは脱することができた。それからの二年半は、戦中戦後、まともな勉強をしてこなかった私にとって、多くの知の糧を得られた幸運な時期であったと思う。

それでも私にとって、きびしい日々であったことはまちがいない。たまに人と安酒を飲むとき、ひと足早く泥酔して絡んだりしたのは、能力教養の面で劣っている自分を知らしめないためもあった。言い訳がましくなるが、軍国少年であったトラウマに話がいくのを怖れた面がないともいえない。

だがあの昭和十九年三月、品川駅の軍用列車に積みこまれた多数の中等学校の生徒はどんな戦後を送ったのだろうか。それに〝予科練帰り〟は、どのように社会に溶けこんでいったのだろうか。

復員仲間の隊友と疎遠になったこと、特攻や陸戦隊で別れた多くのものとの連絡が取れなかったこともあるが、彼らのその後はまったく知らない。だが、考えてみると〝予科練帰り〟には、戦後しばらく出会わなかった。先方が名乗らなかったからわからなかっただけで、ほんとうは出会っていたのかもしれない。

戦災で小学校が焼けたために、クラス会が復活したのは、戦後四十数年経った平成のはじめである。そこではじめて、小学校の旧友で予科練に行った友人たちの消息を知ることになる。

　私の小学校のクラスメートは、私をふくめて四人、予科練に志願した。二人は十三期、私ともう一人は十四期であった。その十四期の友人は早世したらしいが、復員学徒の特例を利用して、医専に入って都立病院の勤務医になったらしい。彼は中学そのものが医者志望者の私立の進学校で、彼の父も医者であったはずだ。

　彼などは例外で、十三期の予科練に行った一人は、都立中学のいまの進学校から志願したのだが、家族が全員疎開して地方の実家に身を寄せていたので、復学しないで、その地方の警察官となり、鑑識一筋に退職するまで勤めあげた。彼は定年後、東京近郊にもどり、警備員を黙々とこなし、小学校のクラス会のまとめ役になった。

　もう一人は復員したものの、家業の店は焼け、父親がすっかり参ってしまってなにをする気も起こさない状態にあった。子沢山の家族を養うのは長男の彼の責務になり、バラックの家を建てて、家業を必死になって復活させねばならなかった。復学も、編入学も、最初から問題にもしなかった。

　だいぶ遅くなって、〝予科練帰り〟であることを知った人物はいるが、それも四、五人ときわめて少ない。海軍兵学校在学経験者がみずからその出自を名乗るのには何回も遭遇したが、数からいって圧倒的に多かった〝予科練帰り〟は、みずからは名乗りをあげなかった。

北岡靖男が〝予科練帰り〟だと知ったのは、アメリカのタイム社が日本の出版社といっしょに、その看板経済雑誌『フォーチュン』の日本語版『プレジデント』を刊行した昭和三十八年である。六十年安保からまもない時期で、新聞を賑わせたものである。それを仕掛けたのが、当時タイム社の日本総支配人だった彼であった。

そのことを教えてくれたのは、『プレジデント』創刊時に契約翻訳者であった友人である。この友人は、高専生が志願できた海軍予備生徒になり、昭和十九年秋、滋賀海軍航空隊に入隊した。そこで、予科練の過酷な訓練に驚いたらしい。予科練に入らなくてよかったという酒席での述懐を聞いたとき、私はその滋賀空の予科練の一人であったことを告げていた。

私が北岡にはじめて会ったのは、それから五、六年たった昭和四十三、四年ごろである。そのころ北岡は、ドイツのブッククラブ大手と組み、さらに日本の印刷会社や書籍卸会社を誘って「二十一世紀ブッククラブ」を創ろうとして、日本の出版界から、「黒船来る」として猛反対にあっていた。それだけでなく、出版界は対抗して独自のブッククラブを発足させようとしていた。

そのさなか、彼は先の友人を介して、私の意見を聞きたいと言ってきたのである。そのとき、彼は極東総支配人になっていた。

彼も私が予科練にいたことを、翻訳者の友人から聞いていたらしく、冒頭でみずから予科練十四期で、松山海軍航空隊に入隊したと話した。中学三年から行ったというから、まったく私とおなじであった。だが予科練に触れたのはそれだけで、おそらく、彼もまた予科練に話がおよんでほしくなかったのであろう。

北岡は、ブッククラブが新しい読者層を開拓するだけでなく、埋もれた良書を発掘する役割もあることを強調し、日本の中小出版社にも益すると主張した。また自分の経験から十二分なコミュニケーションさえあれば、外資を恐れる必要はないとも言った。

私は、出版界が反対しているのは、外資進出への危惧だけではない。彼のブックククラブ構想では、マスプロ・マスセールを支えている現在の書籍の委託販売、再販制度にひびが入るからで、おそらく、出版社の協力は得られまいと、私なりの意見をのべた。

予想したとおり、出版界の「全日本ブッククラブ」が創立してまもなく、彼のブッククラブは出版社の協力が得られず、撤退が小さく報じられた。そして、三、四年後、北岡がタイム社を辞める前後に、「全日本ブッククラブ」も不成績を理由に解散した。結果的に出版界は、流通機構の現状の維持に成功したわけである。

それから十年ほど経ったころ、共通の知人の出版記念会で、久しぶりに北岡に会った。北岡は、ブッククラブの黒船騒ぎのあと、まもなくタイム社を辞めた。豪州人のライバルの本社への讒言によるものだともいわれているが、定かではない。

辞めたあと、英語教材を販売する会社をまず設立した。それから英語を母国語としないものを対象とする英語のコミュニケーション能力を検定するための試験問題を、米国最大の公的テスト開発機関ＥＴＳ（教育試験サービス）に制作してもらうことに成功し、昭和五十四年からその試験ＴＯＥＩＣをはじめていた。

そのころの彼は、ＴＯＥＩＣをやっと軌道に載せはじめたころだったと思う。立ち話であったが、出版界の後進性、閉鎖性を指摘し、彼らとの交わりをすべて絶ったと言った。

一見温和で知的な風貌からは読み取れなかった、彼の内面の激しさを知った私は、北岡が予科練から復員してからのその戦後に、はじめて興味をいだいた。彼とは、三、四回しか会っていないので、くわしいことは知らない。

『プレジデント』の翻訳者であった友人の話だと、北岡は予科練から復員しても復学する気になれず、荒れて、闇市で働いていた。そういう彼をたまたま、取材にきた『ライフ』誌の記者が、走り使いに使った。そのうちに彼の才能が認められ、ニューヨークの本社に行かされ、そこで広告営業をみっちり仕込まれて日本にもどってきたというのである。

それには「闇市で働いていた」とか「復学せず荒れて」とかいう、当時の予科練にたいするステレオタイプの見方がある。一部は当たっていたが、調べた彼のキャリアとは、だいぶちがっていた。彼の復員後の生活は、それほどかんたんなものではない。

北岡靖男がタイム社に在社していた昭和四十七年に出版された『現代土佐人物万華鏡』(叢文社)は、その一章で「背広を着た龍馬」として彼を紹介している。高知県出身者を何十人もその本は取り上げているので、わずか六、七頁だが唯一、彼みずからが語ったものをまとめた略歴である。

彼の父は大阪の中等学校の教師をしていたが、彼の生後九カ月のときに死に、母親一人に育てられたという。母方の祖母が夏目漱石のもとに集まった弟子の一人としても知られている物理学者で随筆家の寺田寅彦の姉ということもあって、高知市の寺田の実家で育てられている。その祖母の曾孫の一人に劇作家別役実がいる。

中学は県立城東中学(現在の城東高校)である。城東中学は、かつては県立高知一中といわれていた。他の県立中学では、校長や一部の教師や配属将校のアジ演説もあって、全員予科練に志願させられたところもあるが、北岡の場合どうだったのであろう。

私には、彼もまた「軍国少年」で、母や姉の反対を押しきって志願した気がしてならない。おそらく彼の入隊した松山海軍航空隊でも、私の隊とおなじく何次かの特攻隊志願が強制されたであろう。特攻隊に行かされないで、兵科に転科させられて陸戦隊になったのも、私と同様、母子家庭の一人息子だったゆえだと思う。

彼は前記の本の著者には「陸戦隊」と言わず、「海兵隊」と語っている。その言い換えに、私は滋賀海軍航空隊で、あいつぐ特攻に選抜されず、飛行科から兵科に転科させられて別れていった隊員たちの無念さが彼にもあり、それがにじみ出ているように思われた。

敗戦後、半年ほど気の抜けたような日々を送ったと、その本には記されている。タイム社時代、彼のもとで働いたことがある私の知人は、敗戦後の北岡の話を直接聞いたようだが、価値観の落差に自殺を考えたこともあるともらしたという。「復学せず荒れていた」かもしれないが、まず呆然とし、自身の存在さえ疑い、これからどう生きるべきか、悩み抜いていたにちがいない。

その後、「進駐軍へ勤労奉仕」に通ったと書かれているが、占領軍が進駐してきてまもなく、各地で多くの雑役が募集された。職のないときである。英語が少しでもできるものは、日給を求めて、ときには物資を得られることを期待して、雇われた。勤労奉仕は彼の比喩であって、日雇いである。

もちろん、それからの日々も、前途が定まらないその日暮らしであったろう。復学は気がすすまず、とはいえ、なにをすべきかわからず、焦燥の気持ちにかられた彼は、翌年の二十一年秋、東京の伯父を頼って上京する。それまでの一年以上、彼は無為の日を送ったことになる。その悩みの深さが私には伝わってくる。

昭和二十一年から二十二年にかけては、東京はいちばん食糧難がはげしく、また復員軍人があふれて失業者が満ち満ちていたときである。恒常的な仕事がみつかるはずはない。本には、「玉蜀黍をかためた弁当を持って毎日仕事に出かけた」と記されている。

その彼に、高知の占領軍のアルバイトのときに知りあった米軍軍属との偶然の出会いがあって、のちの彼の生き方に大きな影響をあたえることになる。

彼が訊かれるままに、いまの窮状を話すと、ＣＩＥ（連合国総司令部民間情報教育局）の同僚オーマン少佐が、家族をアメリカから呼び寄せる、そのハウス・ボーイにならないかと誘われた。渡りに船と彼は飛びついた、いや、飛びつかざるをえなかったのだろう。ハウス・ボーイは、家事雑役夫である。

のちにタイム社が借りていた軽井沢の山荘に社員を招いて手作りの料理をふるまったとき、彼は、占領軍の家庭でハウス・ボーイをして洗濯、アイロンかけ、料理、掃除などあらゆることをさせられた、その結果、洗濯も料理もうまくなった、と言っていたと聞いた。

私は、「プロローグ」で、代々木練兵場に建てられた恒久的にみえる立派な米軍将校用の宿舎、ワシントンハイツの横を山手線で通り過ぎるとき、この戦後の苦痛がいつ終わるのか絶望して眺めたと書いた。彼は、そのとき、その将校用の宿舎のひとつで、ハウス・ボーイとして働いていたのである。軍国少年であった彼にとって、けっして望んだ日々ではなかったであろう。

だがオーマン少佐が帰国するまでのその二年間は、彼に大きくさいわいした。オーマン少佐が夜、英語を教えてくれたこと、自動車の免許を取らせてくれたことである。また少佐の帰国まえに、ＣＩＥの主催で全国各地で開かれた『ライフ』世界写真展の要員として、日本じゅうをまわらせてくれたことなど、のちの彼に大いに役立つものであった。

ハウス・ボーイを失業してからの彼は、自動車免許を武器に、自家用車やトラックの運転手を転々とやったという。折しも昭和二十五年からはじまった朝鮮戦争のさなか、頻繁に横浜港を出入りする輸送船の船員目当てのアメリカ人の洗濯屋に、最終的に就職した。ハウス・ボーイの経験がそこでも生かされた。

北岡は、横浜まで行って輸送船の洗濯物を受け取ったり届けたり、昼は昼で洗濯機を動かしつづけた。ときには小船に乗って沖の船に乗りつけもしたが、ＭＰ（軍警）に怪しまれ、軍の留置所に放りこまれたりしたこともあったという。金に汚い雇い主にミスを押しつけられたことに怒り、彼がその職を離れたのは昭和二十六年春であった。

さいわいなことに、その翌々日にタイム社の求人広告を目にすることができた。いままで培ってきた英語力が買われたのか、自動車の運転の実績がものをいったのか、デリバリー・ボーイとして即日採用されたと聞いた。それがどういった職種なのか知らないが、おそらく自動車を使った配達の仕事だったのではないか。

彼がタイム社を辞してはじめたＴＯＥＩＣは、現在、日本で年間約百七十万人、世界九十カ国で年間約五百万人が受験するまでにいたっているという。当初は受験者三千名にすぎなかったというから、その道筋は大変であったろう。北岡は、その間、九回も癌の手術をしながらＴＯＥＩＣの普及にけんめいに努め、そのさなかの平成九年に死んだ。

人によってはそれを、たたき上げのサクセス・ストーリーとみるかもしれない。たしかにもし北岡が学歴を書くとすれば、いまの制度の中学ではないが、「中学中退」である。しかも当時の中学三年生は、勤労動員に駆り出された。言ってみれば学校教育などろくに受けていない。

「背広を着た龍馬」では、北岡は取材に答えて、大阪大学医学部教授になった県立城東中学の級友を揶揄し、「蛇はもちろん、蛙さえ手でつかむことができず、金魚ならやっとという男が、いまや医者でござい、法医学でござい」と言ったと書かれている。

それは揶揄というより、中等学校を中退して予科練に行ったものが戦後嘗めた心身の苦労を味わうことなく、順調に進学して大学教授にまでなった元クラスメートに負けてたまるかという、彼の自負の発露であったと思う。

北岡が極東総支配人のころタイム社へ入社した、私の知人は、日本の出版社に入るには大学卒でなくては採用されないと聞いていたが、「資格を問わず」という求人広告に惹かれて応募し、採用されたという。そして「いままでなにを学んできたかよりも、いまなにができるか」が大切だと面接のときに彼に言われて、勇気づけられたと書いている。

「いまなにができるか」という問いかけは、学歴などでなく、なにを学んで身につけたかということだと思う。それは彼がたえず、自分自身を奮い立たせる言葉でもあっただろう。

北岡の仕事をたどっていくと、『フォーチュン』の日本語版にせよ、ブッククラブにせよ、TOEICにせよ、出身校やその他のコネに頼ることなく、いつも自力で立ち上げていることがわかる。しかもその発想の根幹には、私益よりも日本の国益を考える、国士的なものがあったと思う。

彼は、国に殉ずるという大義のために学業を放棄して予科練に志願しながらも、結局は消耗戦力として扱われ、敗戦後は「軍国少年」として差別視され、しかも天皇をはじめ多くが責任をとらない、国による裏切りに遭った。そのことで逆に、自身が経験したことを二度と起こさせてはならないという思いが、彼の心の奥底にひそかに燃えつづけていたのではなかったのか。もちろん、これは私の推測である。

ちょうど北岡の名前が聞こえてきたころ、私が知りあった男も、ぐうぜん予科練でおなじく十四期であった。彼は復員学徒特例の資格があったにもかかわらず、故郷に復員すると、漫然と三年ほど親戚の家業の手伝いをしていたという。その後上京して四年近く就職したが、復学の気持ち止みがたく、大学入学資格検定試験に挑み、大学にすすんだ。同年の男とくらべて七年も後れての復学である。しかも旧制でなく新制の大学へ入学したことになる。

大学を卒業するとき、彼は恩師に、大学院へすすんで将来的にはその跡をつぐよう説得されたが、人にものを教えることができる人間でないと拒んだという。卒業すると、友人と二人で、日本のある業界の製品情報を海外に伝えるビジネス・レターを自力で発行した。その後、恩師の下訳を数点こなしもしたが、何回も小さなベンチャー・ビジネスに挑戦し、それを貫き通した。

その十三期から十六期の予科練も、生きているとしたら、みな八十歳を越した。予科練に志願し、「一歩前へ」を経験し、その十字架を背負って復員した予科練は、そのトラウマや学業の中絶などにより、同年の少年とはちがう、しかも多様な人生を送らざるをえなかったはずだ。

彼らの多くは、一部を除いて、名もない一庶民として戦後を生きたと思う。そしてそのほとんどが、一粒の麦として必死に働き、それが結果的には、焦土から立ち上がった日本の現在に、なにかしらの実を結ばせたのではないか。またそうであったと信じたい。

おなじ十四期の「同期の桜」である一友人と私は、いまだに靖国神社に参詣したことはない。一方、小学校の級友で十三期の二人は、六十歳を過ぎたころから、誘いあわせて敗戦の日に、靖国神社に参詣していると、人づてに聞いた。

予科練に行ったことについても、その評価、感慨がそれぞれちがうのは当然であろう。半年のちがいとはいえ、数は少ないが戦死者を出した十三期と、ほとんどが特攻志願で終わった十四期とは、同年であっても大きな差がある。また予科練体験を貴重なものとして、それを力に戦後を生きた人もいよう。

これはあくまでも、予科練失格者であった私の、追憶の旅の手記と追記である。

謝辞　「耕地復旧記念碑」について

一九七七年（昭和五十二年）の私は、追憶の旅でやっと探してたどりつけた福知山の元海軍飛行場跡で、タクシーを待たせて「耕地復旧記念碑」を書き取った。このたび本にまとめるにあたって、正確を期す必要があると思ったが、国会図書館の福知山関連資料を探せばみつかると思いこみ、原稿を渡したあとも、校正が出るまえにチェックすればよいと高を括っていた。

ところがその資料を発見できない。あわてて福知山市に電話で問い合わせたところ、街づくり推進課を紹介してくれた。だが、そこでも「耕地復旧記念碑」の正式な文書は残っていないことが判明した。福知山に飛ばなければならないかと、覚悟したところ、街づく

耕地復旧記念碑（撮影　福知山市役所 西村正芳）

り推進課の西村正芳さんが、仕事の合間に現場に行って、写真を撮ってきてくださると申し出られた。

やがて送られてきたデジタル情報は数十枚にもおよび、それにまずびっくりした。だが、西村正芳さんが細かく写真を撮らざるをえないほど、「耕地復旧記念碑」は長い年月を経て風化し苔むし、判読が困難になっていた。私が発見したときすでに二十四年余、それからも三十四年経っているのである。

もっとも、その細部を撮った写真でも、判読にはけっこう時間がかかった。五十八年も経っている碑である。むりもなかった。さいわいなことに、私には書き取ったものがある。推測して誤字、抜け字をみつけることができた。誤字は、「戦勝」を「戦争」にしていたことであった。そのほかにひらがなの脱字二字をみつけたほか、旧かな、旧漢字にもどすべきものが十一字もあった。

この調査の過程で、私たちがかつてその建設に駆り立てられた石原飛行場といわれた日本海軍福知山航空基地がどんなものであったのか、六十六年経ってはじめて知った。

石原にあった滑走路は、長さ約一七〇〇メートル、幅一〇〇〜二五〇メートルのものであったという。そのほかに、高津に長さ六〇〇メートル、幅三〇メートルの「中訓練用滑走路」があり、将来石原飛行場の滑走路に延長合体する計画であったというのである。しかも石原飛行場は、誘導路の総延長が一万一二〇〇メートルという大きなもので、そのほかに指揮所や掩体壕などが完成し、さらに綾部には小さな山の二つに、弾薬庫か飛行機を隠すかに使われていた洞窟があったという。

どの滑走路で、あるいはどの誘導路で、またどの洞窟で私たち予科練は働かされたか、三十三回忌の旅ではそこまで調べようともしなかったし、また考えもおよばなかった。いまとなってはその記憶も定かではなくなってきた。私たちはなにも知らされず、ただただ土方仕事をさせられたのである。

しかし、ひとつあきらかになったのは、土・戸田・石原地区の中心部農地の大部分が飛行場建設のために使用されるという公式通知がきたのは、昭和十八年十月一日。奇しくも大量動員された甲種飛行予科練習生第十三期が入隊した日である。その軍の一片の通知で、豊かで広大な農地が取り上げられた農民の窮状は想像を絶するものがある。

それから一年半経ったころ、こんどは予科練第十四期が、完成近い飛行場でシャベルをふるい、モッコをかつぎ、トロッコを押した。そのなかの一人が私であった。そして戦争になんの役にも立たず、敗戦を迎えた。

その後、農民たちは耕地整理組合をこしらえ、昭和二十一年五月十五日から昭和二十七年三月十五日までという長い歳月をかけて元の美田にもどした。二年近くでこしらえたものを復旧させるのに、三倍の歳月と数万人の人手を要したのである。

当時はいまとちがって、すべて人力でやらざるをえない。農民たちは、私たちがやったようにトロッコやシャベルだけでなく、大ハンマーで滑走路を除去するという困難な仕事からはじめなければならなかったという。いかに戦争が、人びとの生活を破壊するだけでなく、大きな徒労であることかを、この福知山の飛行場は私たちに示してくれている。

もうひとついえることは、昔あった自然をいったん壊して、人工的なものをこしらえると、それを復旧するのが容易ならないことも教えてくれる実例である。その意味で「耕地復旧記念碑」は、後世にその意味をしっかり伝えながら保存すべき、貴重な碑であると思う。

すでに福知山では「中丹地域の歴史と文化を掘り起こす会」ができて、私は見ていないが『福知山に飛行場があった』という小冊子が出版され、また地方紙『両丹日日新聞』がそれらの運動を報じているという。これらがさらに掘り下げられ、世に広げられて、非戦平和の運動につながっていってほしいと思う。

あらためて、「耕地復旧記念碑」の紹介について力を貸してくださった福知山市と「街づくり推進課」、西村正芳氏に感謝申し上げる。

あとがき　「三十三回忌の旅」から複合災害まで

I

私の「三十三回忌の旅」は、事前になにも調べず、三十年以上まえのかすかな記憶に頼った、きわめて衝動的、無計画なものであった。予科練に在隊中の記録は、日記をふくめていっさいなく、あったのは隊友の写真、二、三枚だけである。

行くまえに予科練の同期会の事務局、厚生省援護局を訪ねて調査しなかった。また旅のあいだも、資料があるかもしれない土地の役所や役場、図書館にも寄らなかった。

靖国神社にA級戦犯を合祀させるのに深くかかわった厚生省援護局が、じつは元陸軍省、海軍省の流れを引くものであることを知る人も少なくなったであろう。陸軍省、海軍省は、敗戦後、第一・第二復員省に、さらに復員省、復員庁となり、最終的には厚生省援護局が引き継いだ。おそらく資料はいまでも、そこにあるはずである。

唯一この旅で世話になったのは、友人の児童文学者濱田慶子である。彼女が天理教と縁のふかい出版社の仕事を、多少していたことを知っていたから、天理教の詰所を紹介してもらった。

旅を終えて一、二年したころ、同年生まれの会で、長く交わりをつづけてきた矢作勝美から、その旅を文章にして残しておいたらという提案があった。彼は当時、同人誌『直』の編集長をしていた。同人である歯科医師後藤直が経費をすべて出し、しかもわずか四十頁の同人誌に、無関係な私の文が載るのにははばかるところがあった。

また在日朝鮮人初の作家、金達寿の随筆や、横浜事件被告の木村亨が事件をはじめて追及するものなどが連載されている同人誌なので、そこへ私のプライベートな旅を書くのにも抵抗があった。だがこのような機会がないと、その当時の私の忙しさから、あの旅をまとめることはできないだろうと思い、ありがたくその好意をいただいた。

そのころの私は、月曜日の朝家を出て、その夜から金曜日の晩に家に帰るまで、都心に近い木賃安アパートを借りて泊まり、朝早くから夜遅くまで事務所に詰めて仕事をしていた。理念にこだわって、出版のマスプロ・マスセールにかかわることをできるかぎり避けた私は、我慢に我慢を重ねていたときであった。見切りをつけた社員が、ポツリポツリ辞めていった。世の中は、負け犬と見ると、きびしい。

季刊『直』での「三十三回忌の旅」十回連載は、足かけ三年におよんだが、ある意味でその当時の我慢を支えてくれたものであった。戦中戦後を考えて、この程度のことはなんでもない、と言い聞かせたと思う。いよいよ窮まったときの備えに、内外に迷惑をかけない額の保険を掛けるという、腹のくくり方もできた。

連載が終わったとき、私はコピーを十二、三通とって、友人知人に送った。驚いたことに多種多様な反応があった。学徒出陣組であった児童文学翻訳者の亀山龍樹は、彼もまた学徒兵の跡を訪ねる旅に出ると言いだした。不幸なことに、その旅に出るまえに、亀山は急死した。

詩人北川幸比古は、児童文学者なのに児童読みもの作家と自称する人だったが、これを児童ものに書きなおして、戦争を知らない子どもの世代に知らせるべきだと、なにかにつけて促した。彼も先年死んだ。

一方、わずかな人に見せたにもかかわらず、多くの批判があった。感傷旅行に終わっている、もう一度取材旅行をして書いたらというのをはじめ、表現その他の書きこみが足りず、世に問う文章になっていないというきびしいものや、太平洋戦争に被虐的であるというものまで、いろいろあった。

それらはそれぞれ言い当てている面があるが、私の「三十三回忌の旅」は、もともと、文学作品を目指したものでなく、敗戦後から秘めてきたものに、一応の締めくくりをつけるものであった。それを親しくしていた友人に見せたにすぎないので、なにかそれらの評がひとごとのように思えたことを覚えている。

なかには予科練も、予備学生も、海軍兵学校も分けて考えずに、それら全般の感想をのべてきたのもあり、敗戦後三十数年経っての戦争経験の風化と、年代による理解の差を感じたものである。

なかでも友人の画家勝呂忠の感想のなかには、私を驚かせるものがあった。考えてみるとこの勝呂忠も、先の濱田慶子も昨年死去しているし、私が『直』に書いた「三十三回忌の旅」のコピーを送った半数以上の七人が鬼籍に名を連ねてしまっている。

勝呂忠が、感想のなかで教えてくれたのは、昭和四十五年（一九七〇年）に、『予科練甲十三期生──落日の栄光』（原書房）が出ていることである。著者の高塚篤は、当時勝呂忠が所属していた会派、モダーンアート協会会員で、彼のいうには黒一色の絵にこだわって描いているという。

高塚篤にお会いしたことも、その絵を拝見したこともないが、私を驚かせたのは、四百五十頁にも達する『予科練　甲十三期生』が十三期を書き尽くしていること、しかもそれを裏付ける緻密な資料があることである。高塚篤は、四年にわたってというから、敗戦後二十年経ったころから調査をはじめたことになる。

その「あとがき」によると、甲十三期会、十三期に関係のあった海軍兵学校や予備学生出身の士官、他期（十三期以外）他種（甲種以外）の予科練習生や厚生省援護局、防衛庁戦史室などから多岐にわたって、聴取や調査、資料収集をしたという。千名以上の死没者（戦死、殉職、病死その他）を出した甲種予科練第十三期への鎮魂の著書といってよい。

十三期の高塚篤は、私より四カ月早かったが、おなじ丹波市《たんばいち》三重海軍航空隊奈良分遣隊へ入隊し、まったく同時期に滋賀海軍航空隊に転隊している。ちがうのは、やはりおなじ時期に彼らは飛練（飛行練習生）にすすんだのに、私たちは飛行場建設をするドカ練にまわされたことであろう。

もし「三十三回忌の旅」のまえにこの本を読んでいたら、漠として往古を探さずにすんだかもしれない。だが、高塚篤がこれからも「桎梏」から一生逃れられないかもしれないと言いつつも、その調査で一応戦後を終えたと言っているように、私も自分の戦後にけりをつける追憶の旅に出ることはやめなかったであろう。

ただ私は、『予科練　甲十三期生』が、高塚篤の意に反するかもしれないが、十三期のみならず、それ以降十六期まで大量動員させられた予科練のすべてを語っていると思った。「三十三回忌の旅」を書きなおしたり書きくわえたり、これをノートとしてなにかしたりすることは、この時点で断念した。もし公表するとしたら、私の死後の香典返し以外ないと思った。

II

それ以降、私は「三十三回忌の旅」を読み返すことはなかった。高塚篤とおなじく、あの時点で私の戦後は終わったのであろう。それからの歳月は、予科練を思い出すこともなく、過ぎていった。大きく心をゆさぶられたのは、昭和六十四年の昭和天皇の死だけであった。敗戦後五十年も、なんとはなしに送ってしまった。

話が持ち上がったのは、十数年まえである。「三十三回忌の旅」を書きなおして本にしないかと、かつてコピーを渡した知人の一人が言ってきた。彼はそのとき、出版社の責任者になっていたが、かずかずの話題作を出す反骨の編集者であった。

そこで私は、久しぶりに「三十三回忌の旅」を読んだが、どのように書きなおすか戸惑うと同時に、どうしても気が乗らなかった。あまりにも歳月が経ちすぎている。

私の予科練は、仲間を特攻で失ったのでもなく、自身が特攻要員になったのでもない。同年でくらべれば、十三期に志願するのに遅れをとった予科練でもあったし、陸戦隊にもまわされなかった失格者でもある。

そのうちに日が経ち、話は立ち消えたが、なにかにつけ私の頭の隅に、それが残るようになった。幸か不幸か、あの敗戦時には考えもおよばなかったほど、私は長く生きた。その間、多くの死にあったし、見たくもないできごとや「老い」をも見た。自身の老いもそのひとつである。

私の知人は、毎年の夏、元海軍の特攻基地のあった鹿児島の鹿屋でおこなわれる予備学生の同期会にかならず出席していた。特攻隊基地としては、陸軍の知覧のほうが有名だが、鹿屋のほうが比較できないほど、特攻殉難者を出している。

七十歳台半ばまで通いつづけた様子だから、あの生死が定まらなかった往時が懐かしく、おそらく「同期の桜」が酒宴のあいだ歌われただろうと私は推察していた。彼も夜を徹して飲むと言っていた。

海軍予備学生というと、一律に扱われるが、兵科と飛行科に分かれた。兵科でも魚雷艇や潜航艇、人間魚雷による特攻で戦死もしたし、本土決戦に備えたのも少なからずいるが、飛行科予備学生のほうが、はるかに多くの戦死者を出している。

戦中、海軍ではなにをしていたかと、彼に聞いたことがある。彼が予科練の特攻要員を選んでいたと言うのを聞いたとき、それがあまりにも平然と言われたのには、驚いた。まず係累のないもの、次男三男、家族の多いものなどや、その他下士官と相談して選び出していったとも言った。

そこで、多くの予備学生が、予科練の学科の教官か、分隊士になっていたことを思い出した。多くの少年がそうだっただろうが、入隊するまで家族任せで自分のこともうまくできない私たちが、交代で分隊士の部屋の掃除、下着の洗濯をした。その予備学生出身の分隊士が、特攻要員の選別をしていたのである。「三十三回忌の旅」で私が推測した基準を、やっと選別した側から聞いた。しかも、それが五、六歳しか離れていない、おなじ学徒兵によってなされていたことは、ショックともいえた。

あの当時、二十歳を越えていた彼らは、青春のもつ意味をよく知り、悩みもあって入隊したと思う。当然、わずかしか年下ではないが、生きることのすばらしさも、重さも知らない予科練を特攻要員に選ぶのには、痛みをともなったはずである。おそらく、敗戦時には、その生死にも関心をもったであろう。

だが五十年以上過ぎて老いれば、それは過去のいっときのできごとにすぎなくなる。それを命じた「国」にたいしても、選別した自分そのものへも、なんの思いもなくなり、「同期の桜」を歌って往古を偲ぶだけになってしまったと考えるしかなかった。

私の個人的感想だが、平和条約発効後五十年から敗戦後六十年あたりから、戦中の回顧がメディアで多く取り上げられはじめた気がしている。それも敗戦の日、八月十五日の前後にやられるのだが、私にはなにかそれらに違和感があった。

ひとつには、メディア関係者も研究者も、そのころから現役世代が、ほぼ敗戦後に生まれた人たちで占められはじめたことで、実体験のないところからくる、事実認識のずれがあった。そのずれは、年とともに大きくなっていった。逆にだからこそ、「知らない戦争」についての関心がより強まったのであろう。

もうひとつは、記憶の風化である。老いてわかったことに、記憶していることであっても、脱落している部分や、混同があることである。実戦体験者であっても、彼らの思い出には、年とともに誤りやあやふやなものが出てくる。しかもそれがチェックされていない。

それにくわえて、当時の一歳の差のちがいの大きさの認識がないことである。敗戦時の大都会の中学一年と二年とでは、学童疎開の有無のちがいがある。同年でも、勤労動員で働いていたか、軍隊に行ったか、それも志願したのか徴兵されたのか、それらによって、それぞれの体験は千差万別になる。

なによりも私は、過去の戦争が、最近のドキュメントやドラマとしてよみがえるたびに、忘れてはいけない肝心な記憶が風化していくように感じた。風化にとどまらず、戦争を知らない世代に、ちがった認識をあたえはじめていると思った。

それがなにであるかは後で触れるが、それが昂じて私の頭の隅にあった「三十三回忌の旅」を、むしろそのまま世に出したいと思うようになってきた。そして、プロローグに書いた友人Nの葬儀のエピソードが火をつけた。あの戦時中の軍国少年を、世に知らせるべきだと思ったのである。

もちろん、静かに片隅で暮らすべきこの歳で、恥多き私の戦中体験を、また人前にさらしてよいかという抵抗と、あの時代を知らない人たちに通じるかという懸念もあった。だからこそ逆に、三十年以上まえに書いたことを、いま伝えるべきだと最終的には判断して、私は原稿を持ちこんだ。

III

原稿の推敲のさなか、三月十一日に、東日本大震災が起きた。私はまたもや、「三十三回忌の旅」を出すことに、ためらいを覚えた。

正直いって、四月二十九日の朝日新聞のインタビューで、『敗北を抱きしめて』の著者、ジョン・ダワー教授が指摘しているように、第二次大戦で日本がこうむった被害のほうが、今回の被害よりすさまじいものがある。国富の四分の一から五分の一が失われたのである。広島、長崎以外、六十四の都市が空襲で破壊され、数百万人が家を失い、全部合わせて、四十万から六十万の人が死亡した。その数字さえ明らかでない。私の姉のような栄養失調による敗戦後まもない死亡をふくめると、その数は想像を越えよう。さらに外地から数百万人が引き揚げてきて職がなかった。

はっきり言って、政府はなにも助けてくれなかった。私は、復員したあと、所用があって世田谷から浦安まで自転車で往復した。永代橋を渡ってびっくりしたのは、それ以降、行けども行けども見渡すかぎりの焼け野原がつづくのである。焼けトタンや廃材で囲ったバラックが、ポツン、ポツンと建っているのみであった。空襲にあってから、半年以上経った十月の東京の下町の風景である。

もっともあのときは、仮設住宅の代わりに、日本には「村」があった。都会の人間の多くは、その村から出てきた。いっときその村が受け入れた。帰るべき村がないものは苦しんだが、それが全体として大きな救いになった。こんどはその村がやられた。しかもこのたびは、地震と津波と原発のメルトダウンという、もっと深刻な複合災害である。

戦災を知らない人が大半を占め、複合災害への関心が、これから数カ月、あるいはそれ以上つづくことが予想されるそのさなか、私の戦争体験は読まれるだろうか。わたしは、エピローグを書きすすめながら、出版社に迷惑をかけはしないか、思い悩みつづけた。だが、地震と津波は天災だが、原発のメルトダウンは人災である。私はしばらく、東京電力や政府、政党、メディアの反応や報道を見守った。なにか私の頭をよぎるものがあった。それはまた、戦後、風化してはいけないと思いつづけた記憶に通じるものがあるような気がした。

友人から電話があった。私がそれを言うと、やはり、同年である。「敗戦後とおなじです」と彼は言った。

人災である以上、「未曾有」の天災による「想定外」の事故ということで、責任を免れさせてはならない。にもかかわらず、あまりその指摘がなく、目前のことにメディアの目は向いている。そう言う私への、彼のその返事はきわめて明瞭であった。

東京電力は当事者であるから、内心は天災だと思いながらも、しぶしぶ頭だけは下げた。だが、それを直接監督してきたはずの原子力安全・保安院も原子力安全委員会も、さらには総理大臣、経済産業大臣も、まずは正式に国民に謝罪し、その責任をとることを明言していない。

さらにいえば、通商産業大臣のとき原発を導入し、内閣総理大臣をも務めた大勲位は、国民に甚大な損害をあたえたことで、その勲章を返上して謝罪しただろうか。また想定外を考えなければならなかった歴代の経済産業大臣、またそれを支え長らく政権党であった政党の党首たちは、責任を認めただろうか。

責任をとることは謝罪することだけではなく、身をもって示す、昔であったら、割腹ものであろう。風化してはいけないと思いつづけた記憶は、それにつながる。

敗戦後まもなく、昭和天皇はマッカーサーと会見し、翌年の元旦、人間宣言を出した後、平服に着替えてソフトな帽子を振りながら日本各地を巡幸した。新聞は、その天皇を熱狂的に迎え、なかには感涙にむせぶ国民のようすを、戦中、軍服姿の天皇を恭しく報じたように大々的に報道した。

復員してまもないかつての軍国少年は、裏切られたような気がしながら、その新聞を読んだり、当時あったニュース映画でそれを見た。それでいて、それを口に出すこともなく、世にたいする不信感を増幅させたと思う。

私の同世代の人には、けっこう昭和天皇を敬愛する人が多い。天皇の聖断がなければ、戦争は終わらなかったし、今日の日本の繁栄はなかったという。また日米開戦にも反対したが、張作霖爆破事件などでの介入に懲りて、「君臨すれども統治せず」との立場を貫いたため、戦争に突入したとする歴史家もいる。

少年だった私は、そのころインプットされたため、つぎの言葉をいまだに覚えている。

「天佑を保有し万世一系の皇祚を践《ふ》める大日本帝国天皇は昭《あきらか》に忠誠勇武なる汝有衆に示す。朕茲《ちんここ》に米国及英国に対して戦を宣す」

米英両国にたいする宣戦の詔勅の冒頭である。私たち国民は、その天皇が宣戦してはじめた戦いに参加したのである。十五歳四カ月の私は、勇武ではなかったが、忠誠なる有衆の一人として、予科練に入隊した。

天皇は、マッカーサーに戦争のすべての責任は自分にあると言ったと伝えられている。

であったら、みずからその責任をとるべきであった。その時点で退位しなくても、せめていつかの時点ですべきであった。

私は極東裁判を否定するものではなく、彼らは裁かれるべきであったが、所詮、勝者による裁判である。敗戦の責任を問うものではない。本来は、戦争に駆り立て敗戦を招き、未曾有の災禍を日本にもたらした関係者すべてを、日本国民自身が裁き、責任を問うべきであった。

またそのだれよりも責任を問われなければならなかったのは、最高責任者であった天皇であった。だが、天皇は平和条約が発効しても、退位しなかった。私は、象徴である天皇が責任をとらなかったときから、恥ずべき無責任時代がはじまったと思っている。

そのいちばんのあらわれが、平和条約が結ばれてすぐの昭和二十八年に復活した軍人恩給である。当時、生きるに精一杯で、前年からはじまった戦死者の遺族年金は知っていたが、階級の高さ、つまり敗戦の責任が重いほど、高額な軍人恩給が復活しているなど、思いもおよばなかった。

無謀なインパール作戦で、何万もの戦病死者を出した将官たちが責任を問われることなく、あのころの私たちの給料の数倍か、あるいはそれ以上の恩給をもらっていた可能性がある。軍人恩給をもらうには、十二年以上兵役につかなければならないし、戦地勤務は三倍に換算されるにせよ、学徒出陣組や私たち学徒兵のだれひとり、それをもらうことはない。

私はそれをずいぶん後になって知ったとき、戦中、敗戦後に言われつづけた「国体護持」という言葉を思い出した。国体護持のため、ソ連を、あのスターリンを仲介者にしようとする無用な平和交渉をしたり、ポツダム宣言の早期受諾をためらったりしたため、広島、長崎は原爆の被害にあった。空襲にあう必要もない地方都市まで、その災害にあった。

さらに一説によれば、そのために天皇は、マッカーサーに沖縄の軍事占領を二十五年、五十年、あるいはそれ以上とすることを容認したという。今日の沖縄の悲劇は、そこにあるともいわれている。

その国体護持とは、いったいなんであったのか。天皇を頂点とするヒエラルキーの存続ではなかったか。官僚制度が、敗戦後も手つかずに残ったのはそのせいだろう。たとえ退位を天皇が望んだとしても、周囲が許すはずはない。退位すれば、彼らも責任を問われるし、軍人恩給も出せなくなる。

高度経済成長がつづいているあいだは、戦前を引き継いだ体制は、その真実を長く隠しとおした。そして、バブルがはじけて破綻をみせはじめ、こんどの福島の原発事故では、危機的状況にいままで対処してこなかったし、今も対応できないことを露呈した。

ダワー教授は先の新聞のインタビューの最後で、個人の人生のように、国や社会の歴史では、突然の事故や災害で、なにが重要なのか気づく瞬間がある。創造的な方法で考えなおすことができるスペースが生まれる。それがいま起きているが、既得権益を守るためにそのスペースをコントロールしようとする勢力もある。結果がどうなるか、歴史の節目であることをしっかり考える必要があると言っている。

そのとおりだと思う。私の『敗戦三十三回忌』が、ダワー教授の言うその節目を考える小さな役割を果たせるかどうかはさておき、私の出版へのためらいはなくなった。

いずれにしても、これからの日本は、つましいかもしれないが心豊かな、凛としながらも平和に徹した国にならざるをえない。またそれは、予科練の過去を歩いた人間の願いでもある。

＊

「三十三回忌の旅」をなんらかのかたちで出してみようと思ったとき、その是非を判断してくれる出版社は、長い付き合いのあるみすず書房をおいてほかにないと思った。そこで、栗山雅子さんにおみせした。

三十余年まえに書いたものである。嬉しかったのは、栗山さんはご自身が読まれただけでなく、若い編集者がどういう感想をもつかと読んでもらい、その読後感をもって、編集会議にかけてくださったことである。

その結果をもって、編集部長の守田省吾さんと栗山さんが、私の体調がよくないということを聞き、横浜まで出てきてくれた。そこで話が煮詰まったのだが、なにぶんにも古い話なので、死語、軍隊用語のほか時代背景などを、読み手の方にわかるようにすること、すでに書いたプロローグのほか、エピローグをくわえることなどが決まった。

その作業のなかで、私は「三十三回忌の旅」の部分に、思いが先走った拙い文章や、記憶ちがいではないかと思われる箇所のあることに気づいたが、できるかぎりそのままを原則にした。より往時を再現したかったからである。

そのあといよいよ体調が悪くなり、一時、膠原病の疑いも出て、書きくわえる原稿や調査が大幅に遅れた。さいわいに、年初ごろから回復しはじめたが、東日本大地震と福島原発のメルトダウンが起きたこともあって、最終稿をお渡しできたのは、四月に入ってからである。

私の長いあいだのわだかまり、懸案がやっと解決したのである。守田さん、栗山さん、持谷寿夫社長をはじめとするみすず書房の方々に心から感謝申し上げる。とくに栗山さんの折に触れての励ましとアドバイスがなければ、この本を世に送り出すことはできなかったであろう。

宮田　昇

二〇一一年六月

著者略歴

（みやた・のぼる）

1928年東京に生まれる．早川書房編集部，チャールズ・E・タトル商会著作権部を経て，1967年，日本ユニ・エージェンシー創設，元代表取締役．1991年，日本ユニ著作権センター創設，元代表理事．受賞歴　1979年度第1回出版学会賞佳作（『朱筆—出版月誌 1968-1978』），1999年度第21回日本出版学会賞（『翻訳権の戦後史』），2002年第23回著作権功労賞（日本著作権協議会）．著書『東は東，西は西—戦後翻訳出版の変遷』（早川書房，1968），『翻訳出版の実務』（日本エディタースクール出版部，1976），『朱筆』全2冊（筆名 出版太郎，みすず書房，1979，1990），『翻訳権の戦後史』（みすず書房，1999），『学術論文のための著作権 Q&A』（東海大学出版会，2003），『新編 戦後翻訳風雲録』（みすず書房，2007），「版権の歴史」（岩波講座文学1『テキストとは何か』，岩波書店，2003），『著作権実務百科』共著（学陽書房，1992），文化庁『著作権100年史』共同執筆（2000）．児童読みもの『宇宙人スサノオ』（筆名 内田庶，岩崎書店，1969），『タイムトラベル—さまよえる少年兵』（筆名 内田庶，岩崎書店，1995）ほか．翻訳も多数．

宮田 昇

敗戦三十三回忌

予科練の過去を歩く

2011年7月22日　第1刷発行
2011年9月15日　第2刷発行

発行所 株式会社 みすず書房
〒113-0033 東京都文京区本郷5丁目32-21
電話 03-3814-0131(営業) 03-3815-9181(編集)
http://www.msz.co.jp

本文印刷所 シナノ印刷
扉・表紙・カバー印刷所 栗田印刷
製本所 青木製本所

ISBN 978-4-622-07617-9
[はいせんさんじゅうさんかいき]